肩上有风

李国华 著

哈尔滨出版社
HARBIN PUBLISHING HOUSE

图书在版编目（CIP）数据

肩上有风 / 李国华著 . — 哈尔滨 ：哈尔滨出版社，
2023.2
ISBN 978-7-5484-6881-3

Ⅰ . ①肩… Ⅱ . ①李… Ⅲ . ①散文集－中国－当代
Ⅳ . ① I267

中国版本图书馆 CIP 数据核字（2022）第 216586 号

书　名：**肩　上　有　风**
JIANSHANG YOU FENG

作　　者：李国华　著
责任编辑：韩金华
封面设计：树上微出版

出版发行：哈尔滨出版社（Harbin Publishing House）
社　　址：哈尔滨市香坊区泰山路 82-9 号　　邮编：150090
经　　销：全国新华书店
印　　刷：武汉市籍缘印刷厂
网　　址：www.hrbcbs.com
E-mail：hrbcbs@yeah.net
编辑版权热线：（0451）87900271　87900272

开　　本：880mm×1230mm　　1/32　　印张：6.75　　字数：124 千字
版　　次：2023 年 2 月第 1 版
印　　次：2023 年 2 月第 1 次印刷
书　　号：ISBN 978-7-5484-6881-3
定　　价：58.00 元

凡购本社图书发现印装错误，请与本社印制部联系调换。
服务热线：（0451）87900279

诗人北岛说："我的肩上是风，风上是闪烁的星群。"这一句诗，激发了我的思绪，一下子打动了我，用直觉做赌注，把它化作了这本散文集的名字——《肩上有风》。

你听："八月秋高风怒号，卷我屋上三重茅。"

你再听："春风得意马蹄疾，一日看尽长安花。"

你再静听："风雨如晦，鸡鸣不已。既见君子，云胡不喜？"

是啊，肩上有风。每一种风都凝聚着一种力量。这风，不仅是春天和煦暖人的自然之风，不仅是夏天轻轻拂面的清新之风，不仅是秋天吹熟果粮的凉爽之风，不仅是冬天呼啸卷来的寒冷之风，还是清纯正气的昂扬之风，还是迎难而上的坚强之风，还是诚信善良的淳朴之风，更是重任在肩的担当之风。它们是巍巍中华五千年来流淌于国人体内的精神血脉，需要我们饱含深情地细细品味。

你品："风萧萧兮易水寒，壮士一去兮不复还。"

你再品："莫道不销魂，帘卷西风，人比黄花瘦。"

你再细品："长风破浪会有时，直挂云帆济沧海。"

肩上有风，脚下有路。我们生而有翼，匍匐前行只为蓄力。书生意气，匡济情怀，身无半文，心忧天下，为人师表须自持一片菩萨心肠。我们的职责是扶摇万里，而非燕雀掠地。随时出发，到新的爱与新的喧嚣中去，用读书的声音淹没荒芜的土地。"远在远方的风比远方更远，我的琴声呜咽，泪水全无，我把这远方的远归还草原。"出发——归还，这就是我们的路。

此书所列文章，皆为我近些年来创作的乡土散文和教育随笔作品。有的已在报刊发表，有的曾在朋友圈和微信群转发，更多的是首次露面，一直"养在深闺"。《陌上轻尘随风起》《在风中深深呼吸》《风雨做袈裟》《任起耳边风》《左右清风来》，既是书中的篇名，又是书中五辑之名，分别涉及故乡、亲情、人生、童年、教育等话题。

我极力怀想一座村庄的美丽与沧桑，还原一个童年的天真与记忆，见证一群乡人的前尘与今生，聆听一曲亲情的赞歌与交响，托起一种教育的心灵与温度……视野所及，则覆盖人与人、人与自然留存的版图，致力于彰显人文精神、现实精神及艺术精神。试图让自己的人生如同故乡的天空般辽远、斑斓与磅礴，呈现出赤子般的纯真、善良、率直。

这本散文集，是我出版的第八本著作，同已经出版的《波心有月》《竹中有我》组成李国华追梦散文三部曲。我是一名教师，过去的30年是，现在还是。小时候，人人都有自己的理想或者梦想。有的想当科学家，有的想当飞行员，有的想当医生，有的想当教师，有的想当将军，有的想当富翁，有的想当大官，有的想当豪侠。不同年代的人有着不同的梦想。在我的童年时代，更多的是想当军人、想当作家，也曾想过当一名卡车司机或者电影放映员，从来没有认真地思考过当教师。17岁那年，我考上师范学校，开始了我的教育梦。而作家梦呢，到现在依然在做着。不久前，师范的同学凑到一起，聊起毕业三十年的话题，还有人谈起自己的文学梦、作家梦，这也是一种幸福。

现在，我已是一个知非之年的人了，不必去赚稿费维持生计了，但我觉得儿时的作家梦还没有实现，这始终是我笔耕不辍的动力源。因为热爱文学，亦觉文学好玩。更重要的是，到了我这个年龄，对父母艰辛生活的记忆越来越深沉，对于那些艰难的日子和父母恩情的理解越来越厚重，对于家乡的大地与天空，还有对爱人与女儿的眷恋越来越想从内心表达出来。三十年的教育生涯更是我创作的丰富宝藏。平生只想做教育，用自己的理念，自己的心灵，自己的智慧与行动，既助人为乐又助人成长，与大家一同品味教育、反思教育、探索教育，呼唤教育的回归，找寻教育的失落，守望教育的理想，度过与教育相伴的美好时光，这便是我的教育梦、作家梦、幸福梦！我依然在追梦的路上……

肩上有风，身旁有你。我希望你在看这本集子的时候，能够在作品里面找到你自己，看到你自己的灵魂。读出对生活的珍惜，对亲友的在乎，对未来的憧憬。眼纳千江水，胸起百万兵。文学就是人学，教育也是人学。与人同行，有你相伴，志在于此，收获于此。三十年的光阴，漫长也罢，弹指一挥间也罢，我耐得住清贫和寂寞，痴心不改，浮游在故乡、童年、教育构建的诗意生活，如同装在大水盆里的小鱼，幸福自然于心，快乐自然于怀。

后会，有期，在风中，在《肩上有风》里……

2022 年 4 月 3 日于书香名园思竹斋

目 录
Contents

第五辑　左右清风来 /133

第一辑

陌上轻尘随风起

村前有河 村后是山

村前有河，村后是山。

山是连绵不断的青山，有树，有花，有坟。坟是一堆有文化的土，是后人同先人交流、沟通、接续的精神家园。

河是奔流不息的清河，有鱼、有虾、有船。船是载着漂泊的岸，是人类同风雨相遇、碰撞、联系的生活纽带。

村前有河，村后是山。

山外是山，山里的孩子最好奇，山的那边是不是住着神仙？虽然没有答案，但思念有了牵挂的分量。

村前是河，河里的水手最勇敢，他们坚守"可以被毁灭，但不能被打败"的搏击梦。尽管很沉重，但浪花增添了自信的风采。

村前和村后，现实在中间筑起了篱笆。村后是亡灵的世界，村前是水生的世界，前后相连是人的世界。灵魂和肉体在分割生与死的边界，现实和理想在信念、人间和万物中冲击、彷徨。

　　我把自己交给天空，每隔一天就把天空中反复越过的田野铺开。村庄，在希望的田野上。广袤的田野到处飘荡着水珠的气味，蓝天白云放飞着清澈与飘逸。大自然的浪漫总让人冲动，无数个梦想让大脑膨胀。大自然是那么慷慨从容，一出手，便是旖旎风光，让人留恋，让人回味。天留下了日月，风留下了声；人留下了子孙，草留下了根。

　　我是大山的传人，我是江河的传人。

　　我把生命交给河流，让童年在河里洗个澡，让青春击水三千。今生和水结下美丽缘分。那日，水深淹腹，漫至喉咙，浮在河面上的两只眼睛，如黑夜中的两束光，望向一条青石板小路，两只耳朵倾听你裙带抚过香茅草窸窸窣窣的声响。我在水中等你，引我走向远方寻找那朵心海浪花。

　　我把灵魂归给大山，让血脉在林中吸氧，让香火在坟前奔跑。奈何桥断了，把我的骨头埋在村后，疯长成树去嫁接未了情。我在树下等你，等你从雨中奔来。非我无情，只怪雨比你来得更快。蝉鸣依旧，依旧如我独行。你不来，大雁在天空写不下那个人字。所以，是你，或是我，不要怪大山，它会把三万千米深的地火燃烧。

　　村前有河，村后是山，我在山河的中央。一切都是瞬间，往哪里走呢？不纠缠，前方是理想，后方是执着。万物化尘，尘埃有多重？放在眼前，微不足道；放在心里，重于泰山。至于不经意间落在我的衣帽上，拍一拍，就好了。三十年的漂泊，三十年的思念，全部转过身子撞上村前的河、村后的山，接纳我的欢乐我的悲伤。河水在传唱着祖先的祝福：保佑漂泊的孩子，找到回家的路。

母亲啊，你的召唤，听到了收到了，我就在路上。

我是故乡的一只鸟

　　我是故乡的一只鸟，翱翔蓝天，俯瞰家家户户升腾起的炊烟。"横看成岭侧成峰，远近高低各不同。"平时在地面上看，炊烟是袅袅上升的，像房屋升起来的云朵。现在从空中看，炊烟显得杂乱无章，浓烟、淡烟、粗烟、细烟，万千风情，犹如村庄的声息和呼吸，使人浸润在人间烟火的亲切与超脱凡尘的浪漫之中，让每颗晚归的和旅人的心变得柔软而清明。风里来雨里去，年年岁岁以至岁岁年年，故乡的炊烟让生活在村庄里的人嗅出平常日子的温馨与甜蜜。

　　迎着初升的太阳，我站在高高的树梢环视村庄。故乡分三块，房屋坐北朝南，聚挤一团；村前的河水自东向西曲流而过，江边两岸数百亩土地平坦宽广；东西南北四面皆山。其中往来种作，男女衣着，悉如外人。我是故乡的一只鸟。我用鸟眼看故乡。

　　看见一头水牛，被一个披着蓑衣的人牵着，慢悠悠走过村头的古柏树。大牯牛一沾水就变了模样，拉着犁铧在田里飞，泥土从犁铧两侧纷纷翻滚，掌着犁把的汉子满脸荣光。

看见百亩稻田，翡翠绿玉般被溪水分割成一块块，几个人高高低低地走在田埂上。抽穗的稻子，一棵棵腆着肚子，临风而立，羞涩地接受太阳最隆重的洗礼，大地好像铺了一层黄灿灿的金子。田野上，一群群白鹭在觅食，一群群燕子在伴舞，一黑一白、一大一小，十分般配、宛如仙境。

看见一条小河，拐了弯不停地往前跑。晴朗的天空给它穿上了一件明净的蓝衣裳。一波水连着一波水，浩浩荡荡，相互扶携在赶路。在乡村，水是什么？水是人、猪狗和庄稼的命根。风水宝地，藏风聚气。调皮的风吹开了小河的额角，聚起皱纹，涌向时间的长河。

看见四五只狗，在池塘边撒欢。带头的是只大黑狗，它们在飞跑、在狂叫、在燃烧，全然不顾迎头走来的那个小男孩。狗东西，眼睛朝天看人低。果然，不出所料，小男孩在地上拾起一块石子，就对准大黑狗打过去。石子打在狗的身上，它汪汪地叫了几声，似乎什么地方痛了。它马上掉转身子夹着尾巴就飞快地跑了，并不等那个小男孩的第二块石子落到它的头上。我望着逃去了的狗影，哈哈地笑。

我是故乡的一只鸟。在云上，什么都能看见。我可不是吹牛，看世界，狗眼一定没法子跟鸟眼相比。因为狗眼往下看，鸟眼向上观。

鸟的灵魂里有一个字：美。这样的灵魂让故乡永远留在远行人的头顶。

每个人的故乡都有一朵云

我不得不说，下竹中是一个小村庄却有大风景。"若为化得身千亿，散上峰头望故乡。"村庄坐落在山的怀抱里，东面是山，南面是山，北面还是山，而西面是一片平整的田野。山与山之间是通往山外的长路，还有整齐的土地。高空俯瞰，这里的地形宛若展翅的凤凰。凤凰向东飞，蓝天做靠背，彩云追风相随，美景让人陶醉。家乡的山不高，田野远处的山影像心电图，起伏平和，然而这平和的背后潜伏着家乡人刚毅、果敢和好斗的成分，不像江浙人，连吵架都似唱昆曲，抑扬顿挫，文雅婉转。山野村民，无拘无束，性情狂野，云卷云舒，去留无意。

对于长期生活、成长在群山之间的人来说，时时刻刻希冀自己拥有一个辽阔的远方。更重要的是想弄个明白，山的外面是不是住着神仙？十七岁那年，我头一次离开下竹中出远门，但这片大地赋予我的蓬勃与宁静，没有因为外头世界的花花绿绿而改变。三十年后，我的情感世界除了童年、教育这两个主题之外，剩下的就是故乡。看见河里的鱼，望见空中的鸟，还有风中飘落的红枫叶，我会一次次想起故乡。

如今，故乡于我，全部的意义呈现为不断离开，又不断归来。更多时候，离开却成了一种无以言说的切近与归来。出入下竹中，甚至成为我生命中的前缘后事。这里，是一座巨大的故事粮仓，装着我的灵魂从流浪到皈依的全部脚印。

立冬刚过，湘南山区天高云淡，空气凉爽，还有一丝太阳眷顾的暖意。因为本族人家置办酒席，我又一次回到老家。屋旁的桂花还留着恣意旺盛开放的痕迹，小溪边的菜园一派生机盎然。清晨，我漫步故乡的环村公路，只见太阳从山尖跃起，阳光掠过绵延起伏的山峦，踏着闪光的露水，洒向辽阔的田野。

我站在田埂上，深情地望着这片生我养我的土地，昔日农忙的景象和父母忙碌的身影又浮现眼前。我在这片土地上搂过草，放过牛，犁过田，割过麦，剥过豆，打过柴……故乡渐渐融入我的血液魂魄里。考入师范学校后，外出工作一晃三十年，故乡成远方。思念故乡、思念亲人的情感，就像一坛绍兴老酒，随着时间的久远而更为浓烈，越陈越香，愈加醇厚。

村前的小河，载着三国两晋南北朝，日夜不停向西流，仿佛一盘悠长的磁带，收藏了村庄千余年历史的声音。风雨的声音，树枝的声音，鸳鸯戏水的声音，熟悉这条河的村民能从声音里分辨出祖先留下的味道。我在这水的声音里悄然疑虑，思接千载，发现水的最爱是云，云是水的魂。云化雨，雨落在土地上，土地是云最后的归宿。故乡的云，一低头，一抬脚，就是岁月起伏。

我们家属于"半边户"，父亲在外地上班，只有母亲一个全劳力在家干农活。因此，小时候我们常结伴在山坡上、土堆里、池塘边玩，自娱自乐，倒也十分开心。在村小学念完三年级，我就跟随父亲到十里外的公社去走读，早晚行走在田间小道，风雨无阻。后来，又跟随父亲到离家三十里远的邻乡读中学，每周步行往返，还肩挑米菜，因此对身体有锻炼。小学和中学时代的"走读"，使我的意志得到磨炼，对"耕"的艰辛和"读"的快乐有了别样感受，因而走上社会后遇到一些磕碰，永不颓丧。

记得那年霜降，天气转凉了。我家村口有块红薯地留到最后才挖。只见母亲把地头两兜大的红薯留了下来，还在周边培上一些泥土，然后在上面覆上稻秆。我十分好奇，问母亲："留这两兜红薯做什么？"母亲笑着说："养地！""养地？"母亲见我还不明白，接着解释："土地也像人一样，需要喂养，太弱的土地长不出好庄稼。留这两兜红薯在土地里，也让它尝尝鲜！"时光如白驹过隙，回首往事，我渐渐明白了母亲的慈悲心肠，那是天人合一思想的朴素表达，是对大自然的感恩，也是对万物的敬畏，同时又是一种原始的祈祷，盼望来年有个好收成。

黄昏时分，我从田野往回家的路上赶，偶尔看见一两只白鹭在田间地头或小溪旁觅食。纯白色的身体，轻盈、灵巧，颀长的脖子，一伸一缩，顾盼生辉。"漠漠水田飞白鹭，阴阴夏木啭黄鹂"，这是古人对美好生态的向往。如今，这美好的景观，它就真实地出现在故乡的田园里。是什么让这里成了鸟的天堂？不言而喻，一定是故乡的绿水青山、蓝天白云。这是大自然的回馈，也是每一个远离故乡的游子心灵的回归。笑看天边云卷云舒，空气沿着我的鼻尖在脸颊流动着。风推着云，云牵着风，风起云飞，风云开阔，静静凝视故乡的天空，总有一朵云还残留于双瞳，熟悉而孤独，闪着迷茫的山景和私自珍藏的忧伤。

下竹中的树满眼都是爱

　　下竹中是湘南的一个小村庄。《桂阳县志》记载，下
竹中村为东晋时期晋宁县治所在地。如此掐指一算，距
今有1700年。当年白素贞修行了1700年，下山为了报恩，
她和小青在西湖边施法术下了一场雨，制造了一次邂逅，
影响数千年，书写了中国爱情史的新传说。万物皆有归
宿，越过千年，在下竹中行走，你会看见老去的树叶又
在吐新芽。

　　在下竹中，你做一棵树最有滋味，根本无需想事情，
安静地站立就好了。你站在房屋边，自有小黑狗来伴你
说话；你站在小溪边，自有成群的白鹅来拉你引颈向天
歌；你站在辽阔的田野里，自有牧童的笛声来吻你黄昏
的笑脸；你站在村边四周的山坡上，自有绿色的雾来缠
你心中的倾诉。无论你站在下竹中哪个地方，哪个方位，
惠风和畅，自有阳光来晒，蓝天来拥抱。你脚下的土地
竟是如此可爱，你不仅可以光合村里的风景，还可以汲
取千百年来的传说。你就在这里自由自在地生长吧。

　　如果是具备神性的柏树，你就站在村西头的风水林

里，荫庇那些远行人的脚步，护佑那些留守家园的人吧。如果是桂花树，你就给古柏做伴，待在它身后观看村庄上空飘来的炊烟，呛住了，赶快打个喷嚏，把那沁人心脾的香气撒向天空。

如果是樟树，你就是爱的使者了，你可以满村子跑，也可以伫立在环绕村庄的大马路边。这儿的祖辈有个约定，谁家要是生了个儿子，就去种一棵梧桐树，要是生个女儿就种下一棵香樟树。等到香樟树长到碗口粗的时候，媒婆就会上门说亲了。亲事定了，这家的香樟树就要用来做女儿的嫁妆。你用一把巨大的绿伞撑起的天空，绽放着满树的爱，让欢乐的人们眷恋着你。每一个女孩有香樟树陪伴的日子，该是多么温馨啊！

如果是棕树，就默默地站在水塘边吧，这儿是蓑衣斗笠的天下，再大的风雨，也伤不到你。你最特立独行，虽然瘦瘦的，但站得很直，没有一个弯腰的，千手佛般的叶子全聚在头顶。你就像一个忍者，把自己与外界孤立起来，将一簇惬意的骄傲高高举向蓝天。如果是苦楝树，我则要惊叹你的"苦练"和"苦恋"了。你的顽强与随遇而安，就像蛇一样，四处乱爬，见缝就钻，遇石就缠，不知不觉便绽放出如梦似幻的紫色花朵，就把自己的春天布满天空与地面。

还有你，我叫不出名的树，一棵挨着另一棵。生长在丛林中，是你永远的一个梦想，就像下竹中的人一样不想离开村庄，哪怕走到再远的地方，总要回家。待在城里,连一声鸟叫都听不到,心里憋得慌,活着有啥意思?丛林中的你,会唱歌,唱溪水呀、唱云朵呀,还有蹦蹦跳的小松鼠,藏不住后边的尾巴。你不光是鸟的家,更是鸟的村庄,密密匝匝的树杈间有数不清的鸟窝,天黑了,这些小鸟能找到自己的家吗?鸟比人更想家。鸟巢里面没有金银财宝,没有万贯家私,只不过是些横七竖八的小草与细枝。鸟不稀罕金银,泰戈尔说,鸟的翅膀系上一块黄金就飞不起来了。有你的地方,一定有鸟。你挺立在大地之上,这片天空就是你支撑的,因而所有飞翔的鸟儿,都把这里的天空当作天堂。

　　下竹中的树,连同树上的鸟窝还有飞鸟,我原想把它们装在心里。可是,我的心底没有一块地方能放下它们。因为,它们属于故乡这片辽阔的大地和天空,而我的心属于故乡。回望故乡,昨夜,我画了一条蛇与树,跟画家比亚兹莱画的一模一样,蛇的尾部盘在地上,身躯直长,头部上仰,口中衔着一朵花,等一场西湖飘来的雨。

回到一棵山茶树上

小时候，奶奶对我说，我这辈子注定跟一棵树有缘。我们老家出门见山，漫山遍野可见杉树、枞树、山茶树……田坎、林里、坡上、沟边，只要走出村庄，随处都能遇见素面朝天的山茶树。山茶树的叶比较厚实，摸起来稍感粗硬，正因如此，有时地上的泥土干得裂了一条缝，它的叶子依然如故，没有半点垂头丧气的模样，不像轻薄的海棠叶，稍一干渴，就蜷起叶片蔫头耷脑。

我们老家人说的茶花并不是单指茶的花，通常是油茶树开的花，亦称山茶花。山茶树的花更是不同一般，它于八月结了花苞，却要在来年的二月左右才能一展花颜，孕育的时间长达六七个月之久，跟母亲十月怀胎的艰辛真有一比。到这个时候，我和村里的小伙伴就用草管从白色的花蕊里吮吸花蜜，像一只小蜜蜂一会儿往东一会儿往西忙着采蜜，开心极了。在那个物资极度匮乏的年代，这种花蜜给了我们满嘴的甜味。

霜降过后，村里的头件大事，就是男女老少一齐上阵，挑着箩筐上山收摘茶籽，晒干榨油。一直到过年前，醇厚的茶油香气驱散着小山村冬日的严寒。我就是在这茶油温暖的香气中来到人世间的，那天中午，母亲从山上收摘茶籽刚回到家里，觉得要生了，放下担子不到一碗茶的工夫就生下了我。从此，我对山茶树有了天然的亲近感。我总认为山茶的气质里有着一种坚韧，从它的绿叶和花容能看见厚积薄发的力量。

故乡四周是山，对于长期生活、成长在群山之间的人来说，时时刻刻希冀自己拥有一个辽阔的远方。十七岁那年，我头一次离开故乡出门远走，但这片大地赋予我的蓬勃与宁静，没有因为外头世界的五花八门而改变。三十年后，我的情感世界除了童年、教育这两个主题之外，剩下的就是故乡。看见河里的鱼，望见空中的鸟，还有风中飘落的山茶花，我会一次次想起故乡。如今，故乡于我，全部的意义呈现为不断离开，又不断归来。更多时候，离开却成了一种无以言说的切近与归来。这里，是一座巨大的故事粮仓，装着我的灵魂从流浪到皈依的全部脚印。

参加工作后，搬了几次家，离故乡越来越远。五年前，因对美好生活的向往，又搬了一次家。住新房的时候，妻特意弄了一棵山茶树摆放在南边阳台上。我知道，这不是故乡那种油茶树，它们皆是山茶科山茶属植物。不过，爱屋及乌，我对这棵山茶树是情有独钟。我的想法让这棵山茶树觉得好笑，在微风中笑得前仰后合，好像《红楼梦》里的惜春，听了刘姥姥那席话，离了座位，拉着她奶母叫揉一揉肠子呢。靠近我身边的两朵茶花，一朵面朝我，张开薄薄的粉红花瓣，似黛玉笑岔了气，伏着桌子正哎哟；另一朵则扭头掩面，仿佛湘云那个丫头笑得把嘴里的一口饭都喷了出来，忍俊不禁。

花无百日红，有盛放就有凋谢。山茶花以自己的方式凋谢，与众不同。樱花的告别是无序的，纷纷然，飞满天；莲花呢，由里及外，一瓣一瓣地掉落，极其从容；山茶花最注重自己的容颜，即使坠落地上，依然是整朵整朵的，如初放的姿态。每一朵花，都有阳光和时间的积累沉淀。若说，樱花如小美人，莲花乃君子也，我谓山茶花真大丈夫也！它这种落而不散、凋而不败的谢幕方式，诠释着生命的过程与意义，仿佛在昭示一种力量，坚韧的力量。

上辈子，我可能就是一棵树。每天，出门上班或下班回家，我都要看看这棵山茶树，还有阳台上的花花草草。日子长久了，树成了家人中的一个，人也好似森林里的一棵。大雨过后的黄昏，我倚着阳台张望，无意瞥见了一颗水珠悄无声息地滴落在失去绿色的叶子上。我本不是什么雅致之人，却也喜欢在阳台上弄花种草，在阳台上让思绪放飞，感受着自然界的阳光、清风、花香，给平凡的日子带来一只小昆虫的牵挂与关心。我快乐的时候，如果有一株草在哭泣，一棵树在伤心流泪，一只鸟儿在挨饿，这是多么尴尬，这样的快乐也是孤独的。

这些花草成了我生活的一部分，尤其是那棵山茶树，每片叶子对空舒展又给我无尽的白光，也就免不了有一种陶渊明式的向往。一棵树踏上城市高楼的阳台，悬在空中，是不是也会像人步入森林掉落为捕获猎物而设计的陷阱一样惊慌、恐惧。这，让我很是揪心。这是生活在空中的树，它的根被硕大的花盆困着。我的双脚踩着地板，也没沾着泥土，地板下是别的人家，我落脚的地方并不是真正的大地。我的双脚和这棵山茶树的根一样，也被围困着，不同的是它被花盆所困，而困我的是看不见说不清的网。

我和这棵树都生活在空中，对这个世界，其实它比我看得更真实，还有它的邻居——那只花蝴蝶，也比我更熟悉它的风景。夜深的时候，人是会打盹的，树却不会，它拽住风的手，不让这只黑乎乎的手去扰乱睡觉人的梦。

树和风商量好夜间要干的活，把很多事情决定了。风决定打扫卫生，呼啸着把树上的残枝败叶连同这地上的污浊一并卷走了，把墙角缩头的鬼都吓得心里发毛了。树决定风啥时候动身，风就缠住树的头发，让它哭喊，喊得满天都是风声。树和风定了的事，谁都不反悔。要是谁家不安分，做事出了格，风声就像一把剪刀，把这人剪成碎片。

可惜呀，这棵山茶树在去年冬天枯死了。它的死，像冬雨一样，哗哗啦啦地掠过黑夜，慌乱、逃逸、孤独，偷走了我镇定、自在的慢生活。好长一段时光我都没缓过来，女儿便安慰道，树和人一样，都是有年龄的，到了一定岁数就死亡了，这是自然规律。想来也是，这世上，就是一个生命在喂养另一个生命，一个生命在陪伴另一个生命。"离离原上草，一岁一枯荣。"枯乃荣所伏，荣乃枯所倚。荣是生命的希望，枯是生命的轮回。枯也荣也，同一体性，各有其境。这棵山茶树，它不仅仅是一棵树。

回到一棵山茶树上，每次冒出这个念想，我心中都会莫名地有一种灼痛感。连一棵弱小的生命都不能保护，心底总有一个特殊的结在纠缠。岁月蹉跎，物是人非。奶奶撇开我们去了另外一个世界，转眼快三十年了。这个世界于我，一切皆有缘，到处都充满着爱。我爱花草，爱树木，爱飞翔的小鸟，爱河水，现在又开始喜爱天空。从此，我的心里有棵一枯一荣的山茶树。

陌上轻尘随风起

　　凡是多少读过点书的人，或许都读过陶渊明的《桃花源记》。这篇只有不到 400 字的散文流传至今，时过1600 余年，依然令人心仪向往文中描述的美好山水和理想社会。四十年前，我从上初中的表哥手中第一次读到这篇文章。后来我上初中，语文老师点名叫我为全班同学范读此文。从此，它在我的心里埋下了一粒桃花源的种子，无论时过境迁，还是四季轮换，只要一读这篇文章，我就心生桃花，暖意洋洋，悠然自乐，妙不可言。"忽逢桃花林，夹岸数百步，中无杂树，芳草鲜美，落英缤纷……"溪水两岸，长达几百米是清一色的桃花，花飞花谢花满天，多美呀！小时候，我看见家乡村口的景象就是如此模样。更有趣的是，"土地平旷，屋舍俨然，有良田、美池、桑竹之属。阡陌交通，鸡犬相闻……"这般情景又同儿时的村庄万般贴近。尤以"阡陌交通"四个字在我心里植下了一种田园意象，让我时常想念起故乡，眼前浮现出村旁的田间小路。

　　阡，指南北走向的田埂，又称纵向田埂；陌，是东西走向的田埂，又叫横向田埂。阡陌交通，意指道路四通八达，纵横交错。阡陌的出现，功在商鞅。他在经济改革上的重大举措，就是"废井田，开阡陌"。这样一来，土地可以买卖成为私有，破坏了奴隶制的生产关系，促进了封建经济的发展。从此，阡陌之上演出了一幕幕人生大剧。

今天，我们打开贾谊的《过秦论》，里面讲陈涉："蹑足行伍之间，而崛起阡陌之中……斩木为兵，揭竿为旗，天下云集响应，赢粮而景从。"陈胜当年在戍卒的队伍中，因受不了酷律，毅然从田间奋起，对自己的伙伴说："王侯将相宁有种乎！"天下豪杰像云一样聚集在他的身边，像回声似的应和他，如影随形地跟着他，消灭了秦的家族。陈胜乃陌上一夫，尝与人佣耕，却为天下唱，何也？

田间大舞台，陌上轻尘有风来。盛夏的田野，装满了野草、杂树和庄稼，呈现的是丰富与厚实的勃勃生机，这种生机具有天边辽阔的气势，只留下窄窄的、弯弯曲曲的一些小路给我行走。在我前面的是奔跑的羊群，迎着初升的太阳，阳光透过羊群拍打着尘埃，尘埃吞没了我的视线，恍恍惚惚，飘忽不定，让我心里空空落落的。我被田野蓬勃的生机拖住了双腿。

冬天的田野，不再羞涩，大胆地裸露，一条条纵横交织的小路清晰可见，灰白，静默无语。路边稻田残留的灰褐色稻茬上时常结着白色的冰凌。乌鸦或麻雀成群地在田地里寻觅着什么东西，如果有人靠近，它们便一哄而起飞入天空，但飞不了多远，便又降了下来，依然在空旷的田地里跳跃追逐。它们一般不会走上田间的小路，似乎刻意给人留着行走。此时，走在田间小路上我也有空空落落的感觉，仿佛失去了什么又增加了什么，言而不尽又无法明说。冻结的田野与沉睡的阡陌，轻轻一触，或者太阳轻轻一照，哎哟，似乎在碎裂，在融化，在呢喃，地下的梦已生长起来了。一霎轻尘小雨过，又会淹没这田间小路。

阡陌之上行走的动物，体形最大的在我们老家应当属牛了。老黄牛、孺子牛、拓荒牛，在陌上踩出的脚印，成了劳动的勋章。祖祖辈辈的足迹全在田间小路这方天地藏着，这些纵横交错的田间小路好像一座万物印迹博物馆。不仅仅有人迹，还有牛脚迹、狗爪迹、鸭掌迹……风呀、雨呀、雷呀、电呀掠过的痕迹，全被它留着、滋润着。当然，还有先辈们留下的汗味与斑斑血迹。有一行小小的，一串串连着的，歪歪斜斜，蹒跚走路的足迹，那就是我的了。

我是大地的儿子，行走陌上，这是回家的路。回家的路，来了又去，去了又来，来来去去走过无数，田间的禾苗青了黄了。可这条路仍横着，仍旧是车前子和石缝中的小草。四十多年了，总走不够这条路。这样的田间小路到处都有，当你不再在它上面走着时，别的人在走，没有人走的时候，"遂迷，不复得路"，那就真的迷失了方向。正如鲁迅先生所言："故人云散尽，我亦等轻尘！"

第二辑

在风中深深呼吸

守候的蝴蝶

听说阳台上的花开了，有风雨兰、杜鹃山茶、三角梅、雪蓝花，还有紫罗兰、菊花，俨然成了一片花海，一只花蝴蝶慕名从远方飞来，欲做第一个采花大使。

殊不知，雨也跟着来了。蝴蝶忘了带雨具，伞呀，斗笠呀，草帽呀，都放在家里。它把"晴带雨伞、饱带干粮"的古训丢在了脑后。偏偏这些花姑娘都有晴耕雨读的习惯，遇见雨都关了花瓣、闭门宅家，谢客读书。花心的蝴蝶沉不住气了，乱飞一通，在层层叠叠的绿叶间上蹿下跳，翻来覆去想找一扇虚掩的花门，让梦划向花的心海。

看它那忙乱又可怜的样子，我禁不住把雨中的花枝移进阳台里面。想必这只蝴蝶也同梁山伯与祝英台有些关联，应该读过书，多少明了"斜风细雨不须归"的道理，立马就甩开翅膀上的水珠，席叶而坐，静心守在一朵黄菊的花窗下。听风，枝叶响；听雨，意已凉；听花，知归处……

不知道那雨是什么时候停歇的，也不知道那蝴蝶是什么时候离开的，只知道那是一个缠绵而纠结的午后，有一朵黄色的菊花用一根浅蓝色的丝线编织着绮丽的梦。尽管匆匆而来，又飘然而去，这短暂的时光里，肯定有它一生寻觅的温暖；那个飘然而去的身影，就是它残生的守候。

可惜，我不是庄周，无法进入蝴蝶的梦里。倘若有一天能再次与这只蝴蝶相遇，我一定向它询问，是否记得那个从不轻易让人懂的午后，是否空把花期都错过，是不是心中一定还有梦，会不会送走人间许多愁。

又闻芋头香

周末，去老同学家玩，路过一个小村庄，正好遇见一位老乡在那里卖红薯和芋头，我便下车买了一些。看着这一袋刚从地里刨出来的土产，我想起小时候的往事，仿佛又闻到了芋头的香味。

我童年时每家每户都会用红薯和芋头来做口粮，熬过那青黄不接的日子。每一年的二三月，母亲就开始在田边和水渠边整理土垄，种上芋头。母亲常说："七月半打开看，八月半吃一半。"意思是农历七月中旬芋头才能长成，到了八月中秋就要全部挖出来储藏。

中秋吃芋是中国古代的一种习俗，"芋"和"遇"字谐音，人们认为过节在家吃芋头，能得到好兆头，以后出门在外会处处遇到贵人相助，久而久之，也就相沿成俗了。每逢过节吃芋的时候，母亲都会讨个彩头，手里端着一碗芋，嘴里还念叨着："芋子芋孙，护子护孙！"有时，我也会凑趣接上一句："今天过节吃点芋头，大家愉快愉快！"

在我的心目中，芋头这种普通的农家小吃，就是一种愉悦心情的象征。吃了芋头，你的心情是不是也愉快了呢？

前不久，我读《小窗幽记》，看到"拥炉煨芋，欣然一饱"，不觉拍案叫好。这样的吃法，真有情趣。东坡先生对此蛮有经验，他说烤芋头"当去皮，湿纸包，煨之火，过熟，乃热啖之，则松而腻，乃能益气充饥"。东坡先生这个吃法有点雅，不曾试过，我们小时候也煨过芋头，只不过与之别样，是连皮一起煨，也不曾用湿纸包，投入柴火灶，熟了，用木棍扒出来，拍拍灰，手指一捏，芋头皮就退了下去。煨芋头与煨红薯都香，都软，都是粉中且柔且糯，冒着热气，味道好极了。回首往事，那时的日子并不比现在好过，只因为一家人在一起，再贫寒艰难的日子，也让人心里暖洋洋的。

挖芋头时，一定得当心手痒，芋头梗会"弄人"，如果不小心碰到了芋头梗，那就会痒起来。母亲告诉我们，一旦皮肤发痒，可以涂抹生姜，或到灶膛边烤一下火，身上的痒就能神奇地消失。挖出来的芋头，又圆又大的我们老家的人称之为"芋头娘"，集结在它身边的小芋头则叫"芋头崽"。一个芋头娘，往往围着四五个小芋头崽，好比母亲拉扯着我们。芋头娘，或许是哺育了芋头崽后，变得有些涩了，若直接吃则麻口。老家人常会将五花肉同它一起蒸，做成"香芋扣肉"，放上剁辣椒，于是增添了不少嗅觉与味觉的诱惑。

前些年，我搬入新房，朋友送来一个盆景，我向同事介绍："这是我们老家常见的野生芋头。"同事是花卉方面的行家，一看便笑着说："这不是野生的芋头，是滴水观音。"我一听有点不好意思，同事赶忙接着说："不单是你对滴水观音有误解，很多人都不了解它。"他还告诉我，滴水观音又称海芋，有毒，常被人当作香芋误食。

自古以来，人们对芋头情有独钟，传下了不少歌咏芋头的诗句。二千五百多年前的《诗经·小雅》就有"君子攸芋"的雅致。至唐朝以后，更是数不胜数。如王维《田家》的"夕雨红榴拆，新秋绿芋肥"；韦庄《赠渔翁》的"芦刀夜鲙红鳞腻，水甑朝蒸紫芋香"。还有南宋林洪《山家清供》的"煮芋云生钵，烧茅雪上眉"，别出心裁，独具一格，居然能从煮芋头时那热腾腾的蒸气想到了天上的云朵。那种乐在其中，细心品味天赐美食的喜悦，给人以恬淡宁静的无尽遐想。

芋头早已成了中国美食的一道风景线，四大名著中的《红楼梦》就对芋头的吃法记有不少名目，如烤芋片、煨芋芳、蒸芋头、芋头汤、猪肉烩芋头等十余种，让人有一种"抽刀切芋芋更美，吃芋享乐乐更浓"的感觉。

今天一早，朋友邀我去吃煲芋粥，那诱人的白色胴体油腻腻的，让人不忍放下手里的汤勺。一顿煲芋粥，半是清欢半是香。这一刻，我最想对你说，吃点芋头，一年到头，愉快愉快！

风中的三角梅

我喜欢三角梅，源于二十年前的云南之行。那一年，我有幸随湖南教育考察团到云南交流，头一次来到彩云之南，真是有点小激动。在石林，我看见美丽的阿诗玛从盛开的三角梅旁走过，翩若惊鸿，婉若游龙。在大理，看见每户白族宅子围墙边都是怒放的三角梅，一下子对"风花雪月"有了身临其境的体验和享受。在蝴蝶泉边，在洱海，在丽江古城，处处都能看见三角梅婀娜的身姿，其神含羞，其艳如霞，顾盼生辉，撩人心怀。从此，我就爱上了三角梅，将它看作美化自然美化生活的天使。

在我家的阳台上，种有月季、雪蓝花、风雨兰、栀子花、茉莉、四季红山茶等十余个品种的花，我把三角梅放在正中央，来到客厅第一眼就能看见它。亲友来到我家，看见这些俏皮可爱的花儿常会情不自禁发出一声赞叹："哇，多美的花哟！"这个时候，我也会有一种按捺不住的兴奋！有道是物遂人意，也许是这三角梅同我的喜好相同吧——向阳而生。

三角梅的生长习性很特别，跟我和爱人的习性有点类似。它原产巴西，来到中国后，走到哪里就在哪里扎根开花。我和爱人也是这样，参加工作三十年先后在乡村、县城、市区，无论走到哪里都在那里站稳脚跟，从来没有向组织和领导提过要求，更不要说讨价还价了。三角梅与别的花不同，它没有固定的花期，它想开就开，不想开就歇着。它是一种热烈奔放的花卉，又是一种不讲条件的植物，只要有一撮泥土、一丝温度、一缕阳光、一滴雨水，便可随意、低调地生长开花。与其他花儿比，它不娇羞，也不高贵，却活得潇洒、自由。风一吹，就肆意地舞动着叶子，极像一群穿着红裤子的小青年在街边富有活力地跳着迪斯科。

才女李清照大约十六岁的时候，有一天一觉醒来，直问卷帘丫头："知否，知否？应是绿肥红瘦。"自此，"绿肥红瘦"这四个字，天下称之，谓之绝唱。可是，在三角梅这里，"绿""红"两字就要变换位置了，却是红肥绿瘦。无论是远看还是近观，都是满眼火红，那若隐若现的一点绿叶，时常被人忽略。

我在教委老院子居住的时候，隔壁一户人家在三楼东面种了很大一片三角梅，它们悬挂在半空中，像一个个淘气的孩子，好奇地观望着这个世界。搬到新家后，我每天上班都经过郴江路，马路中间的绿化带里也种了三角梅，它们被园艺工人修剪得整整齐齐，一株挨着一株，像正在军训的新生，约有两三里路长。北湖公园、苏仙岭公园、爱莲湖公园也有许多三角梅，它们有的绽放在那清澈的水边，有的被安放在花盆里，有的混在乱花丛中，与其他的五颜六色的花朵相互交错。在郴州，在祖国的南方，只要有花的地方，就能找到三角梅的影子。看似张扬的三角梅，不仅能开在公园、路旁、墙头，还能在厂房门口、石头缝里，甚至寂寞的峭壁上开放。只要有三角梅开放，再冷清都不冷清了。它在哪里，哪里就热闹了。

三角梅其实不是梅花，是紫茉莉科叶子花属植物。它的花色通常是红、白、橙、紫、黄，以红为主。每朵花不是很大，花瓣像叶子，由三瓣合拢组成一个三角形的样子，远远看去就像一朵三角形的梅花。近看，三片花瓣同长在一根枝条上，花团锦簇，婀娜多姿，像三个美少女拥抱在一起。它的花朵是先前枝梢的绿叶变红而成，起初的蓓蕾在叶茎上，极不引人注目，接下来在阳光的照耀下，花叶越来越多，颜色由暗红到大红，最后通身变成火红。花心里面有三根白色花蕊，花蕊的顶端有三小个淡黄色的蕊头，形似米粒。浅黄色的小花辉映着红红的叶儿，红红的叶儿薄如蝉翼，八九点钟的阳光照射进来，花朵更是红艳剔透，仿佛一团团跳动的火焰，在尽情怒放生命的活力。

周末的早晨，我坐在书房望向窗台，恰好一只蓝蝴蝶在三角梅上翩翩起舞，煞是可爱。微风拂来，飘来淡淡的清香，我禁不住深吸一口，让那若有似无的芬芳钻入心里，滋润心脾。我喜欢三角梅，爱屋及乌，亦喜欢三色堇、三白草、三叶木通，几乎以数字"三"命名的花，鲜有不爱者。三人为众，百众成群，千群万众即为民间人世。

三角梅这种看似卑微平凡的花，随意、内敛、美丽、热情，开在心海，妆点心扉，把自己毫无保留地奉献给了大自然。在我的心中，它如天使般活成了一种姿态，一种光彩，一种气度。

扁担挑起的日子

我的家乡是湘南的一个小山村。对村民来说，下力的活，不是背就是挑。因此，扁担成为村里人居家过日子必不可少的一种农具。南方多雨的天气适合竹子生长，挑水、挑粪、挑箩筐、担柴火等用的扁担、钩担、禾担都是选取竹木或杉木来做。每一根扁担，其实就是每一个家庭沉重的历史与殷切的期盼。

扁担的制作比较简易，却很讲究。选一棵碗口粗的老竹，取根部一段，约两米长，用竹刀平分成两片，再将两片竹子加工，刨削成中间宽约一掌、厚约两指、两头稍细稍薄的样子，最后放火上烤一烤，让其更有韧度、更有弹性。从这一点来说，扁担实在太有骨气了。

进学堂发蒙读书的时候，我的个子已长得比水桶还高一点了，跟村里的小伙伴一样，开始帮着家里挑水做饭，干些力所能及的事了。在村里，小孩子不帮家里做事，是好吃懒做的表现，比现在学习差还叫人瞧不起。农家孩子，崇拜的是胆量与英雄。谁力气大，谁敢做别人不敢做的事，谁就有骄傲的资本，谁就会成为受人拥戴的

"美猴王"。从我家到村口水井，有七八百米路程。这水井呈正方形，四边用条石镶嵌，岁月把条石打磨得光光溜溜的，像水滴形的黑珍珠，透着一种青铜色。井水清澈、冬暖夏凉，凡是从这里路过的人，手掬一捧，入口而饮，都说甘甜，好比喝了一碗新鲜的鸡肉汤。井水像丰沛的乳汁，滋养着世世代代的父老乡亲。喝多了，喝久了，总也喝不完，这井水就变成了村民身上流淌的血。倘若这井无水，村庄就没有了生气，也就没有鸡飞狗跳。有一个成语，叫"背井离乡"。可是，乡可离，家能搬，井却背不上。

刚开始，我只能挑小半担。走一段路，就要放下水桶歇一会儿。好在挑水使用的是钩担，就是在扁担上多了两条挂绳和挂钩。在乡村，钩担比扁担用得更勤，去地里干活种菜挑粪，砌房子时挑砖、挑沙、挑石灰、挑水泥，都离不开它。后来，我掌握了挑担的技巧，行步也稳当了，就能挑大半桶水了，慢慢地，满桶的水也不在话下了。那是我最得意的时候。水桶不装满，一步一趔趄，行走时水极易晃荡出来。满桶的水，反而溢出得少。这很像做人，有真才实学的往往深藏不露，大智若愚。那只有半桶水的人，却喜欢摆谱卖弄，吸人眼球。把水挑回家，要倒进灶台边的水缸里，储满。水满缸，饭半饱。老家人一贯信奉"人穷水不穷"的行事准则，弱水三千，只要努力，总有清水任我取用吧！

扁担像条龙，一世吃不穷。扁担最大的好处，就是能让田土上的庄稼变成沉甸甸的粮食。双抢时节，田地里稻谷熟了，一片金黄，微风拂来，稻穗迎风摇摆，沙沙地响，似乎在呼唤村民赶快抓紧时间把它们抢收入仓。这个时候，就该扁担大显身手了。天未大亮，一家人挑着谷箩，带上禾镰，抬上打禾机，来到田间地头。忙碌一两个小时，一粒粒的稻谷便纷纷扬扬地落在机斗里了。装进谷箩里的湿稻谷，每担有一百多斤重。我十三岁开始学挑谷子担，将箩筐上的绳子结环套进扁担两端，半蹲身子，用右肩顶住扁担中部，立好马步，右手扶住扁担，左手撑在大腿上，腰手一起用力，肩膀往上一顶，一担谷子就挑上了路。那时候，肩头像扛着江山社稷一般沉重。后来稍许懂事，才明白一根扁担就是村民的精神脊梁，不仅挑着乡里乡亲的家庭重担，也挑着一个村庄青黄不接的日子。

1990年暑假，我从师范学校回到老家，跟着舅舅到郴桂交界的保和乡去卖烤烟。挑着七八十斤重的担子，踏着星光，沿着山脊一直向上爬，翻过了几座山，步行三十余华里，中午时候，到达目的地。碰巧那天来卖烤烟的人很多，等到太阳快落山了才往回走。肩上担子没了，但肩头火辣辣的，甚至钻心地痛。这是我第一次挑着担子出远门，也是和扁担接触时间最长的一次。我要向扁担致敬，它让我懂得一个朴素的道理：挣钱不容易，要挣钱就得吃苦。这世上，没有挣不了的钱，只有吃不了苦的人。扁担上肩，人就变大了。在我们老家，看一个人是否长大，最直观的法子就是看他的肩上能否放下一根扁担，挑起重担。

参加工作后，我离老家越来越远，先在乡镇教书，后来进了县城，接着到了市里，我和扁担交集的时间越来越少，且渐渐冷落了。乡村的光景也在改变，越来越多的人开始离开村庄，离开赖以生存的土地。留守乡村的人，他们劳作的工具也在发生变化，由扁担到板车，再到机械化的农用车。许多扁担被当作朽木扔进了燃着熊熊大火的柴灶里。

我不敢想象，没有扁担的村庄会是怎样的空洞。毕竟，我们的父辈和祖辈们是用扁担挑起了一家人的生活，挑起了村庄的春夏秋冬。春天的秧苗、夏天的麦子、秋天的稻草、冬天的柴火，从山上、坡里颤颤悠悠走来，一根根扁担挑出了好日子的脚步。现在，扁担早就放下了，但是，肩上的担子却不能卸下来，这是家庭，是事业，是责任，是道义。

人活着，行走在路上，肩上就应该挑点什么。哪怕只有两桶水挑在肩，都会走得更稳当，走得更充实。只要担子在肩上，你就会忠贞地相信大地的力量。

风吹过的夏天

　　微风吹过，空气中弥漫着茉莉花的清香。我踱步窗前，只见一朵朵洁白的小花开心地绽放着，宛如落入凡尘的仙子，钻入心头，把点点暖意和些许惊喜，镌刻在我诗意的天空。

　　记得那年夏天，女儿刚满一周岁，窗台上的茉莉花开了。看着那盆玲珑秀丽的茉莉花，繁星点点的洁白似从天上飘来的冰雪，散落在青翠欲滴的绿叶间，缀满枝丫，我脑子里马上就想起了那首民歌："好一朵美丽的茉莉花，好一朵美丽的茉莉花，芬芳美丽满枝丫，又香又白人人夸……"在柔美的旋律里，我仿佛听见洁白花瓣绽开的声音。此时的心，已被花香陶醉。"虽无艳态惊群目，幸有清香压九秋"。望见熟睡的女儿，一个蓬勃盛放的小生命，清婉美丽、洁白素雅，令我为之陶醉，爱怜。窗外虽有烈日炙烤，而风中飘来清香，却让我收获一腔沁人心脾的清凉。

　　岁月消融，女儿长大，先是远赴津门求学，如今北上省会任教。她不在我身边的日子，我常常想起父女俩同看一本书、同写读后感的快乐时光。有时，在月明星稀的夜晚，也会觉得有些寂寞、孤独，几丝牵挂在心。有些甜蜜，亦有些惆怅。

据说，"茉莉"最早叫"末利"。这与明末清初苏州虎丘一赵姓农民有关。赵老汉生有三个儿子，以种茶为生，家境贫苦。有一年，他从外面带回一捆花树苗，不知其名，只说这是南方人喜欢的香花。隔了一年，这树开出了一朵朵小白花，虽香，但并没有引起村民的兴趣。一天，赵老汉的大儿子惊奇地发现，他家的茶叶也被这香花弄得带着香气。他便不声不响采了去苏州城里试卖，意想不到，这含香的茶叶真走俏。这一年，大儿子卖香茶发了大财，两个弟弟得知后，找哥哥算账，认为这香茶是父亲种的香花所致，哥哥卖的茶叶钱应三人平分。兄弟间一直闹个不休，两个弟弟还扬言要把香花毁掉。乡里有个老隐士深受群众崇敬，赵氏三兄弟便请他来评理。这个老隐士为他们兄弟讲了一通道理，最后说，为了让你们能记住我的话，我为你们家的香花取个花名，就叫末利花，意思就是为人处世，都要把个人私利放在末尾。后来，苏州的文人为了字形美而改写成茉莉花，不过，末利的含义仍然在老百姓的心里留着。

人生的路上总有一个念想，让你难忘。在这个被风吹过的夏天，我只想，看看窗台上的茉莉花，且听风拂，静观花开，将一瓣花香留在心里。看着她，盛夏顿生一丝凉意。一个美丽的夏，不用预约，不必失约，风吹过，我记得，有一份纯白丰盈的清美，来过。伟大诗人泰戈尔也曾被她的清美淡香完全折服，他用《第一次的茉莉》深情表白："啊，这些茉莉花，这些白的茉莉花！我仿佛记得我第一次双手捧着这些茉莉花，这些白的茉莉花的时候。"想起第一次手捧白茉莉，心里充满着甜蜜的回忆。这是大自然的馈赠，人的生活中，没有什么能比第一次手捧白茉莉更幸福。

　　我永远记得，被风吹过的夏天，有洁白的茉莉花盛开！同朋友聊天，我无意中知道茉莉花的花语：你是我的生命。这之后，每每逛至花店，都会多看一眼那里的茉莉花，都会把别处的茉莉花当成自己家里的，觉得这些小小的白花在打扮自己，也在打扮世界。

大自然馈赠的伴侣

辛丑年中秋前夕，爱人送我一枚书签，材质是金属的，色泽亮丽；样式是镂空的枫叶，叶柄下端系着红色的流苏，丝带上穿着一颗黄豆般大的珍珠。一枚小小的书签，尽显古雅与婉约之风，仿佛能够从中品味出淡淡书香来。

我真正使用书签，是参加工作以后的事情。记得小时候读书，全凭兴致，看到哪儿，要去干别的什么事，就随手把这页书的右下角折起来作为记号。上了初中，我开始自己做书签。春天来了就用一片花瓣夹在书中，秋天到了就取一枚红枫叶做书签。简单实用，仅为了记录阅读进度。转眼三十余年过去，寒来暑往，书签成了我的时光伴侣。

据史书记载，"书签"最早萌芽在 2000 多年前的东周或春秋时期，是用象牙一样的动物骨制作而成，故叫"牙黎"。宋代以后，书签基本定型成现在这个模样。明代，由于文人雅士推波助澜，书签成为当时人们生活的流行品，渗透着清心乐志之雅好。"牙黎掩卷，不知子丑"，古人用这句话来比喻一个人读书废寝忘食，到了忘记时辰的地步。可见，一本书因为书签的点缀会显得更加丰富厚重而让人手不释卷。

在我看来，书签不仅记录阅读的进度，更在提醒我有好书要慢慢读、细细品。放置一枚书签，把它夹在已读和未读的分界处，隔开已知和未知的内容。这枚书签，为我按下了时光的暂停键。让我停在某个时光节点，暂时把书页合上，静思来路和归程，遐想未来和希望，铭记痛苦和悲伤，追忆似水年华。

如今，只要一走进书房，我就被知识的海洋所包围，所淹没，我自己也就成了一枚书签，夹在时光的书页里了。对我来说，书签因为带着回味和怀想而显得更加意味深长。我收藏的书签，从材质上看，有纸质、叶脉、塑料、金属、针织、竹木等不同类别的；从来路上说，有朋友送的、同事给的、随书附赠的、作家文人寄来的，最为难得的是女儿今年特地为我手工制作了"大自然书签"。

这套书签共九枚，全是用植物标本制作，散发着淡淡清香。一花一世界，一叶一菩提。这世间万物，草木亦有心。我仔细打量着这些叶脉干花，我知道女儿送我的不仅是书签，而且是大自然馈送的读书伴侣。在这个世界上，我最爱的美景便是大自然的精彩。正因如此，我在家里的窗台阳台上种养了六七十盆花花草草。我常常在清晨或者黄昏的时候，闲看窗前花开花落，漫随天空云卷云舒。有一天，两只蝴蝶飞来，很是缠绵，我正看着它们，它们就在花丛中落了下来。我心里纳闷，蝴蝶没有鼻子，怎知这儿有花香？

大自然是神奇的，它把美好的滋味放大再放大。在时光的长河中，这一枚枚"大自然书签"可以让我把脚步放慢，让美好的事或人停留在字里行间，不为过往的日子揪心，让记忆凝固。女儿制作的九枚"大自然书签"中有一枚是枫叶，恰巧她妈这次给我的书签亦是一片红枫叶。

枫叶象征永恒的爱。《西厢记》中有佳句"碧云天，黄花地，西风紧，北雁南飞，晓来谁染枫林醉？"一片红叶寄相思。红枫叶是大自然的精灵，代表鸿运、高洁、温存、思念，还代表沉淀的人生。"停车坐爱枫林晚，霜叶红于二月花。"这一片红色，告诉世人秋天亦像春天一样呈现热烈的、蓬勃的生命力。更可贵的是枫叶的外形像是张开的手指，所以它又代表了一种坚毅的精神。心若坚毅，必能为你遮一世风雨。坚毅比天赋更重要。

我们不是因为优秀而高兴，而是因为优雅而幸福。在时光的书页里放置一枚书签，勤勉坚毅，自胜至达，遇到精彩处流连和反复品读，留住字里行间的快乐，留住一行一行的跳动，留住一页一页的憧憬，留住一章一章的幸福，让生命像一团团红火，更加醇厚而悠长。书签做伴好读书。一枚书签，一本好书，在静好的时光里让我们的灵魂优雅地行走。

我的读报史

我养成了一个习惯，每天会专门抽出一段时间读报。虽然手机上信息海量，每分每秒在不停地更新，但是我却喜欢读报纸。如果有一天没有读报纸，心里老觉得不踏实，似乎一件重要的事情被遗忘了，进而行事无味、寝食难安。

我与报纸有着不解之缘。在很小的时候，很难找到读物，一张报纸就是一份难得的享受。我的四爷爷是大队干部，公社的邮递员每周都会准时把报纸信件投放在他那儿。于是，我便有机会读报了。虽在大人们的阅读之后，亦甚欢喜。

在我的记忆中，拿到手里的报纸，大都残缺不全，往往只是其中的一版，那一版还很可能被撕掉了大半，或许被大人们用作卷烟的纸张去了。即便如此，我也会读得津津有味，因为它为我打开了一个了解远方的窗口。

直到十岁那年，我跟随父亲到公社驻地去上学，公社阅览室每天都有完整的报纸可以阅读。阅览室的房子不大，但进门之后，却让我惊叹不已，因为四面墙壁还有屋顶，都是用整张报纸糊起来的，这简直太奢侈了。我头一次去阅览室就像《阿里巴巴和四十大盗》里的樵夫，走进了一个装满宝藏的山洞。我在这个"山洞"里贪婪地阅读每一份报纸，先读报架上的，再蹲下来读放在矮处的，然后抬起头，仰望屋顶上那些报纸。第一次进阅览室的阅报体验让我至今难忘。

上中学后，时常阅读《中国青年报》，还有《年轻人》《大众电影》和《演讲与口才》杂志。师范毕业参加工作后，比较关注教育类报刊，因为我担任了湖南教育报刊社（现湖南教育报刊集团有限公司）的新闻专干，成了兼职记者。这个岗位，使我有机会第一时间接触邮递员每天送来的各类杂志和报纸。这二十年间，无论我在县教育局还是市教育局工作，我都对教育专干充满情感，认为这个岗位与记者这个职业有一种说不出来的魅力。在这个任上，我有幸策划、参与推介胡昭程、匡妹仔、盘振玉、曾庆祥等一批在全国引起反响的教育先进典型和人物。教育界赞誉郴州是"全国教育典型的红色摇篮"。因此，我对《中国教育报》《中国教师报》《科教新报》和《人民教育》《湖南教育》杂志有了特殊感情。现在，我已离开新闻专干岗位快15年了，在这些年头里，只要湖南教育报刊社的记者朋友们到了郴州，我都会去见上一面，一起喝酒聊天，请他们为郴州教育鼓与呼。每当看到他们发出的文章，都会高兴半天，非常有成就感。

直到现在，报纸还和我的生活、我的思想、我的精神不可分割。每次收发员把报纸送来，我都会抽出时间把每一份先从头到尾翻一遍，有的读一下标题，遇到对上胃口的文章就快速浏览，然后放置一旁再找时间细细品读。对我来说，读报的过程是一种享受，可以闻到报纸的墨香，还能听到翻动报纸的哗哗声，十分悦耳。因此，内心宁静，洋溢着安详的愉悦。在这个时候，就像走进了一片森林，可以看见七彩的阳光，可以听到风吹树叶声，喧闹而杂乱的外界仿佛远去。

报纸在我成长的历史里留下了深深的印痕。上小学那会，因父亲是公社武装部长，我常看《解放军报》和《华南民兵》杂志，立志去当一名解放军。上了初中，班主任老师安排我每晚在班上读报，内容大多来自《中国青年报》，我学会了不少班团活动的方法。进了师范学校，我的入党培养人是一位德高望重的老教师，他指导我读《人民日报》等党报党刊，从中凝聚奋进的力量。参加工作后，我与教育报刊结缘，有幸当面聆听朱世和、唐仲扬、胡宏文等教育新闻界大家的教诲，在教育新闻宣传和理论研究方面进行了有益探索。如今，在高校工作已过十个年头，尤好《光明日报》。

在过去的三十年当中，我收藏了不少报纸，其中一些是发表过我文章的，遗憾的是2000年从县城搬家到市里来，失掉了许多。现在想来，心里仍然不爽快。读报是我的一种生活方式，我怎么可以离开报纸呢？毛泽东同志曾说过："一天不读报是缺点，三天不读报是错误。"

报纸于我而言，是一份独特的精神食粮，别者无可替代。好比我们吃早餐的时候，有了面包，有了鸡蛋，有了牛奶或咖啡，手上如果缺了一碗粥，那也吃得索然无味。

我喜欢在早餐时间，倒上一杯热茶，把当天的报纸先浏览一遍，再去处理一天的工作。这样的仪式感，对我来说，是日复一日、年复一年的能量补充，伴着墨香与纸香去过充实的一天。

在风中深深呼吸

风是什么？风里有什么？我打小就想弄清楚。可是，呼的一声风来了，呼的一声风走了。什么时候来的，又是什么时候走的？我不知道，你也不知道。我曾经问过奶奶，奶奶说，她一辈子没有见过此物，"风"这个名字是祖辈传下来的。我也没见过，但感受过。鲍尔吉·原野先生比我感触更深，他说，在风的面前，我们是盲人。就像我们在爱情里是盲人。男人只见过女人，谁见过爱情？

如果世上有一双温柔的巨手，那一定是空中的风。风是宇宙自由的子孙，它追随着蓬勃的秋苗、温柔的湖面、翠绿的竹梢、婀娜的炊烟和歌唱的女人。

在古代，刮风是一件大事。风的时间、方向、强弱对于人们的生产生活有着凶吉祸福不同的影响。因此，古人对风的态度比今天的我们更加慎重。"八方风色以类从，北凉、西泰、凯南、谷自东……"风与日月星辰一样，具有庄严的神性、让人敬畏。敬风就是敬神。用今天的观点来说，敬风其实敬的是自然。我们的祖先充满智慧，很早就学会用"风"来捍卫自己的信仰。你看，列子御风而行，轻虚缥缈，一飘就是十有五天，飘游够了才回家，多么自在，令人羡慕不已，不少人都想拜他为师学习乘风之术。

老子、庄子跟列子皆是同时代人，都对风有很深刻的认识。老子在《道德经》第二十三章提及"飘风"，他说："故飘风不终朝，骤雨不终日。孰为此者？天地。天地尚不能久，而况于人乎？"什么意思呢？是说大自然之中的所有狂风暴雨，都是短暂的，一切都会过去。天地如此，人也如此，遇到的困难与坎坷，都是短暂的，所以一定要顺应自然。"不经历风雨，怎能见彩虹？"老子通过"飘风不终朝"这一自然现象，启示我们说话干事最可贵的是要顺其自然，正确对待持久与短暂的哲学关系。

庄子继承老子衣钵，对风有了进一步认识，在逍遥自得方面发展了老子的思想。"故九万里，则风斯在下矣，而后乃今培风；背负青天，而莫之夭阏者，而后乃今将图南。"庄子通过《逍遥游》和《齐物论》对风的描述，带世人走进"扶摇于九万之上，遨游于六合之中"的乘风世界。风是什么？"夫大块噫气，其名曰风，是唯无作，作则万窍怒号。"他把大地发出的气称为风，提出了"至大无外、至小无内"的思想，为我们提供了解开整个道家思想的钥匙。庄子对大自然中风的认识，构建了"天地与我并生，万物与我为一""吾生也有涯，而知也无涯"

的精神境界，至今让人受慧。"风起北方，一西一东，有
上彷徨，孰嘘吸是？孰居无事而披拂是？"庄子在《天运》
中提出了一大堆问题，总是思考风是由谁在推动，从而
得出"无道无为"的大自然观。我斗胆推测，宋代欧阳
修在《秋声赋》中对秋风的描述，想必其灵感就是源自
《庄子》。

《吕氏春秋》按方位把风分为八类：东北曰炎风，东
方曰滔风，东南曰熏风，南方曰巨风，西南曰凄风，西
方曰飂风，西北曰厉风，北方曰寒风。这部书为先秦时
代的百家争鸣画上了句号，同时又开启了秦汉大一统及
后来政治与学术思想的新局面。受此影响，风作为一种
意象与自然观融入了诗人笔端。"昨夜西风凋碧树，独上
高楼，望尽天涯路。"登高望远，心中充满了空虚及怅惘。
奈何？"帘卷西风，人比黄花瘦。"只有"南风知我意，
吹梦到西州。""子规夜半犹啼血，不信东风唤不回。"东
风有情，天地有义。"等闲识得东风面，万紫千红总是春。"
对于思念的人来讲，美好总是短暂的。"北风卷地白草折，
胡天八月即飞雪。"冬天的风很细，最会见缝插针，又像
刀一样直往袖口、领口切进去，教人感到阵阵寒意。东
风有情，西风瘦马，南风如故，北风卷地。东西南北风，
岁月在其中。

风本无形，却在文人诗作中变化多端，给中华古老
文化注入了新鲜血液。"野火烧不尽，春风吹又生。"在
春风面前，野火也算不了什么。你看，"春风得意马蹄疾，

一日看尽长安花。"如果长安花还不能让人称心如意，那就欣赏夏日的草木吧！"夏风草木熏，生机自欣欣。"暖和的夏风把草木吹得生机盎然，到处是一派欣欣向荣的景象。在池塘边站一会儿，你会感觉"荷风送香气，竹露滴清响。"一阵阵荷花的香味随风飘来。可是，时光飞逝，秋风恼人。什么原因？"最是秋风管闲事，红他枫叶白人头。"更甚者是，"孟冬十月，北风徘徊，天气肃清，繁霜霏霏。""十里向北行，寒风吹破耳。"这是什么感觉？哈气成冰，无论你穿几层衣裳，都像直接泡在冰水里一样，冷得彻骨，冷得心都抖起来。这，就是春、夏、秋、冬四季风带给我们的无穷魅力。春风、夏风、秋风、冬风，标注了时间；东风、南风、西风、北风，划出了空间。时间和空间带给我们一个无穷无尽的宇宙，而风是宇宙自由的子孙，每天把人间的快乐吹成小鸟的翅膀，扇一扇，扇出一个诗礼中国。

写到此处，我执笔在手，正思索着接下来该说点什么，抬头恰好看见窗外樟树的叶子微微摇动，是风来了吗？人还没感受到风，树叶已经招手了。我走下楼梯，来到户外，耳边传来阵阵风声，树叶像潮水般喧哗。一棵树不知生长了多少叶子，而每一片叶子都在摇动都在哗哗地响。风穿过了绿叶的隧道，而我却没有弄清这风从何而来，这风又向何而去。我看见院子里刷了石灰粉的树，一棵棵笔直地冲上天空，似乎要把风的手扯住。此时，我知道，风并没有走。人在风中，风在人间。

人生是多么的美好，每一个人都在乘风破浪书写不一样的人生。其实，人生就是一个过程，从最初的等风来，到乘风起，再逆风飞翔，最后放弃对风的依赖走向庄子无所待的逍遥的境界，超越功利，超越我执，独与天地相往来。"暖风熏得游人醉，直把杭州作汴州"，这是"等风来"；"好风凭借力，送我上青云"，这是"乘风起"；"长风破浪会有时，直挂云帆济沧海"，这是"逆风飞"；"青箬笠，绿蓑衣，斜风细雨不须归"，这是"弃风走"，即"无所待"，达到此境界，不依赖任何人、事、物，无所束缚，自己把握自己的心灵。

人生四种境界，讲的不只是一个过程，更是藏在人生中的风云、风雨、风霜、风雪。你看，《三国演义》第四十九回，诸葛亮于仲冬时节设坛作法三日三夜，借来东风相助周郎火烧赤壁。让人至今仍然想起"万事俱备，只欠东风"的治病药方。《水浒传》对风的描述有很多处，其中第十回讲林教头风雪山神庙，通过朔风的描写，把风大屋摇的凄冷和危机四伏的处境渲染出来了。北风呼啸，大雪纷飞，草料场烈焰腾空，山神庙前雪地上溅满红红的鲜血。这一场风雪，让我们看到了真正的江湖。

四大名著中，写风雨雷电最多的当是《西游记》，妖怪出场起妖风，神仙下凡飘仙风，更了不得的是还有一个风婆婆帮着孙悟空放风，把原本呼风唤雨的天庭弄得风雨飘摇，终经八十一难方成正果。可是，《红楼梦》里终成正果者却无几人，然而与风有关的话语还是很深刻。

一是讲"不是东风压了西风，就是西风压了东风。"二是讲风刀霜剑，"一年三百六十日，风刀霜剑严相逼。"这两句，都是林黛玉说出来的。"东风"这个词在《红楼梦》中出现 10 次，"西风"出现了 5 次。从"风"中我们看见了大观园里青春少女的愁。"嫁与东风春不管，凭尔去，忍淹留！"这是林黛玉的愁；"清明涕泣江边望，千里东风一梦遥"，这是贾探春的愁；"白玉堂前春解舞，东风卷得均匀"，这是薛宝钗的愁。虽东风有意，然香帘难卷，想想林妹妹之言，几多风情寄与谁？

由于风给人飞舞飘动的印象，加之又有感人拂面的特点，在中国传统文化中，"风"具有了种种文化行为。例如"风俗""风味""风情""家风""文风""作风"……不胜枚举。《诗经》时期，大河流域出现了"十五国风"，反映了当时周王朝统治下的十五个地区的不同风俗。《风》与《雅》《颂》共同组成《诗经》，并成为《诗经》的核心内容。

风是什么？风里有什么？答案在风中。许多的风汇集起来，变成了一种风雅，风趣，风格，风度，风流，风骚，风韵。面对这些词语，我们早已把天上刮风的事忘记了。在风中深深呼吸，我似乎嗅到了淡淡的清香，是花香，果香，书香，还有花香和书香混合的气息，如一只大鹏在茫茫北冥中冲天而起，张开翅膀飞向无何有之乡。

第三辑

风雨做袈裟

感恩的心最美

没有阳光，就没有万物的生长；没有雨露，就没有百花的芳香；没有父母，就没有我们的生命；没有老师，就没有我们的成长；没有亲情友情和爱情，我们的日子就会没有温暖，没有光明，没有甜蜜，将是一片孤独、一片冰冷、一片黑暗。这些道理，浅显易懂，但又常常被人抛在脑后，以至感觉僵化，感情麻木，对身边的人和物缺少一种感恩的意识，总是投之以冷漠与忽视。

"哀哀父母，生我劬劳""谁言寸草心，报得三春晖"……我们从小背诵默写的许多诗句，都是劝人要懂得感恩。"羊有跪乳之恩，鸦有反哺之义""吃水不忘挖井人"……多少民间俗语，告诉我们的也是要学会感恩。"投桃报李""饮水思源""感恩戴德"……这些老祖宗传下来的成语，讲的也是要感恩。可是，这样的古训并没有融入我们的骨子里，很多时候，我们都没有上心，把它们丢在了一边。殊不知，过日子过的就是一种心情，无论难过还是不难过，都需要感恩。

狗不会说话，但它会用全部的感情和忠诚，来回报自己的主人。燕子是有灵性的鸟类，你待它好，来年的春天一定会再来做客，选择你的家庭筑巢安家。树叶被清风吹得凉爽，它会上下点头或左右摇摆，沙沙地响着道谢。可是，不少的人常常忘记了感恩。

是的，不懂感恩的人，你对他越好，他越是不把你当回事。话又说回来，生活中真正忘恩负义的人毕竟是少数，大多数的人对别人给予自己的帮助和恩惠，只是习以为常，认为理所当然。你看，我们的父母给予我们的爱，无微不至，无以复加，我们却无暇顾及，觉得原本就是如此。而我们自己呢，哪怕是同学或朋友的生日，都不会错过与他们的聚会，偏偏忘记父母的生日，往往已经过去了才想起，并不认为这是什么值得大惊小怪的事情。

懂得感恩的人，往往是有情有义的人，是内心富有的人。我们乘坐公共汽车，感恩司机给我们方便，便是属于前者；我们行走在大自然里，感恩和风吹拂着我们的身体，便是属于后者。感恩的观念，是人生的财富；感恩的心灵，是人生的宝藏；感恩的习惯，是人生的幸福。

恨比爱多的人，一般会精神压抑，极少有感恩之情。心里装满怨恨的人，就像一沟臭水，清风吹不起半点涟漪，这里断不是美的所在，更不要说会长出感恩的花朵。

不会自省的人，一般也不会有感恩之情。道理很简单，这样的人，往往自以为是，以自我为中心，整天讲这个不对，那个不好，觉得全天下的人都不如自己，怼天怼地。殊不知，他就是在若干个自以为"是"当中恰恰变成了"都不是"。"吾日三省吾身""不自省的人生不足以度"。这样的人，每天活在自己的世界里，总是把过错怪在别人身上，对于别人给予的帮助，特别是指出他的错误弥补他的过失的时候，他会觉得这样的帮助不仅多余而且是让他当众出丑。于斯，怎有感恩。

掉进钱眼里或权欲熏心的人，更容易缺乏感恩之情。因为他们的人生信条就是：有钱能使鬼推磨；有奶便是娘。这样的人见人说人话，见鬼讲鬼话，就是不讲真话，哄骗是他们的惯用伎俩，熙熙攘攘，皆为名来利往，已经很难去弯下腰来鞠躬感恩他人了。

古人说，大恩不言谢。意思是别人对自己的恩情太重，自己不能报答，只好记在心里，而感谢的话也在恩情前显得很轻，所以就不说感激的话了。时下，流行一首歌曲，歌名叫"爱要大声说出来"。感恩亦是如此，一定不要仅发于心而止于口，对于自己要感谢的人，一定要把感恩之意说出来，这样，才会让别人明白。前段时间，一位朋友讲了他同事过中秋节的一件事。他的同事给婆婆买了个按摩仪。吃饭时，她随口跟老公提了一下。谁知她老公非但没有丝毫感激，还数落她："这种事你跟我说干什么？做儿媳妇的就给我妈买个礼物，不应该吗？"提起这些的时候，他的同事还眼泪簌簌地掉。爱人应该是最知心的人，连知心的人都渴望听到一句感谢的回声，那么我们对待别人给予的帮助和恩情，就更加应该大声把感恩的话说出来。这不仅是一种表白，更是一种内心的温暖。在这样的心灵触碰中，我们会感到彼此没有忽视对方的付出，都在用心呵护这份情感，并在感恩中学会知足，共享幸福。

上个周末，我去老同学家做客。在乘电梯时碰见一个五六岁的小男孩，我问他上几楼，他说去21楼，我便帮他按下了这个电梯键。在21楼我也下了电梯，快走完楼层通道的时候，听见后面有人叫我一声"伯伯"。我扭头一看，是刚才那个小男孩，我不知道他要干什么，便停下来问他有事吗。他急匆匆地说："我刚才忘了跟您说谢谢了。奶奶要我来的。"我永远记得那个小男孩在楼道转弯处的背影，而且，他用背影告诉我：学会感恩。

门里窗外都是人生

昨天，漫步校园，看见三个学院有了自己的院门，而且都不是门框式结构。每个学院都选用一个汉字来标示自己学院的文化内核，以此彰显学院的育人特质。有门就有了世界。跨进大学之门，是千万学子人生中极其关键的一步。门里门外，多少人在张望，又有多少人在回眸。

门是一个极复杂的东西，既是进入某个地方的通道，又是达成某种目的的途径。如果我们想办成某件事情，而难度甚大，常被人称为"无门"。

有门必有砖、有墙，也就是说，没有森严之壁垒，也就没有了门之价值。一般来讲，我们说的门是指居户的门，古人讲门当户对，从一扇门便看出了人的等级。不同的门里装着不同的风情。汉语中有个词叫"登门拜访"，这是指达官贵人们的，他们的门有门槛，门前有长长的台阶从下往上，要进这样的院落，不登是不能到门前的。由此可见，这样的大户往往都是高出街巷，所以传下了"水往低处流，人往高处走"的说法。普通百姓居住在低处，自然光顾的人少了，只有洪水往里流，世间冷暖人心可知，因而乡村民间百姓都盼望着自己的子孙有一天能鲤鱼跳龙门。

《红楼梦》作者在描写贾府的建筑时，便向我们道出了贾府在当时的封建等级。而"门"在这里起到了其他任何建筑都无可替代的作用。"宅以门户为冠带"，中国人十分讲究"脸面"，作为房屋脸面的"门"，自然不可小视。林黛玉进贾府，坐在轿子里，首先看到贾府的三间兽头大门，正门不开，只有东西两个角门有人出入。到了荣国府也不进正门，只进了西边的角门，然后至一垂花门前落下。垂花门又称二门，普通人家是没有的。过去称待字闺中的少女为"大门不出，二门不迈"，这个"二门"，即指垂花门。走过穿堂，转过插屏，进入三层仪门，林黛玉才见到正房大院。林黛玉进贾府，过了角门、垂花门、仪门，还看见大门、正门，一道道门，说明门多关卡也就多。

心也有门，我们的老祖宗很有智慧，不叫心门而称心扉。扉是小门的意思，所以一般人的心门都不大，要走进一个人的心里还得小心翼翼，否则容易发生碰撞事故。心也有窗，许多人在写作时会说，一束阳光投进了她的心窗，不会说投进了心扉，因为窗是透明的，而心不是的，要走进一个人的心，先从心窗入手，趴在心窗上看见心迹才有可能步入心门。

人的一生，几乎天天都是在开门和关门、进门与出门中度过的。生活中，有的门是我们自己为自己打开或者关上的，有的门是别人为我们关上或者打开的。但是，进不进一扇门的主动权在我们的手里，踏进或者踏出这扇门的那双脚，完全由我们的主观意识支配。打开一扇门，就是打开一个世界。这个世界具有强烈的个性色彩和私密性。走进家门和走进办公室的门，是完全不同的世界，里面的风情也各不相同，内心的感觉和体验更是不同的。面对同一扇门，有的人想进去有的人想出来，想进去的人各有各的目的，而想出来的人只有一个想法——我要出去。

生活中的门，总会给人太多的不确定性。没有门的房屋，不会给人悬念，更别说吸引力了，它里面的一切袒露无遗，根本无秘密可藏。从这一点来讲，门的一个功效就是设置悬念。因此，有些门一旦打开，别急着进去，那可能是个陷阱，而有些门一旦关上，也别急着敲打，那可能藏着阴谋。有的门，其实是在故弄玄虚，关着的时候让人一无所知，打开了却让人恍然大悟。人生中的门跟生活中的门大同小异，但有一扇，最为不同，那就是贪欲之门。这扇门一旦打开就会给自己带来灭顶之灾。有一扇门，无论是生活中，还是在人生的长河里，都需要经常打开，既向外人打开，也向自己打开，这就是心灵之门。打开心灵之门，内心才会充满阳光，世界就会变得温暖，幸福的花儿随风舞动。

门里风情窗外风景。如果说门里是私密的，那么窗外则是公开的。钱锺书先生的《写在人生边上》中有两句话很经典，"窗比门代表更高的人类进化阶段""门是人的进出口，窗是天的进出口。"《红楼梦》里林黛玉写诗，常选流水、落花及门、窗来构建意境，提出关于青春、时光、生命的拷问。三十七回，她和大观园的姊妹们以门字韵写了海棠诗。"半卷湘帘半掩门，碾冰为土玉为盆。""斜阳寒草带重门，苔翠盈铺雨后盆。""神仙昨日降都门，种得蓝田玉一盆。"这些小姊妹用"门"做韵来展现自己的素洁、美丽、孤高、质朴、清雅。四十五回，林黛玉以"窗"为载体，写出了悲秋的情怀。伤春悲秋，是中国抒情诗的传统。如"葬花吟"是伤春诗，《秋窗风雨夕》则是悲秋赋。景由窗入，愁向窗诉，诗自窗发，窗口透过的秋花、秋草、秋雨、秋风次第而来。林黛玉在这首诗中把秋天、秋窗、秋风、秋雨跟秋夜这五个元素揉在一起，提出了"谁家秋院无风入？何处秋窗无雨声？"这种关于生命形态的追问。

如果说窗下是共剪红烛的浪漫，是巧绣鸳鸯的向往，那么，窗外便是月上柳梢的等待，是烟雨迷蒙的相见。一窗之隔，两个世界。窗内是和谐与稳定，窗外是远行与漂泊。参加工作后，偶然在歌厅里听到一首《窗外》，里面有一句歌词"假如我永远不再回来，就让月亮守在你窗外"。当时，我就意识到，连接窗内与窗外的，一定是思念，是牵挂，是承诺，是执着，是相映的心。

是的，这么多年来，只要站在窗边，我就会带着诗意的情怀与热爱的冲动，观赏外边的风景。倘若去朋友家看新房，我首先看的是他家的阳台，我喜欢站在宽大的阳台上，远眺窗外的万家灯火，远眺昼夜奔流的郴江，远眺空中的蓝天白云。

每次出行，无论坐汽车还是坐火车，我都临窗而坐。车外，永远是快速流动的画面，闪出千姿百态的风景。前几天，朋友约去乡村农家游乐。透过车窗，我看到一掠而过的是秋收后寂静的田野，田埂边上是迎风摆动的丝茅草，开着白花。偶尔，也看到半干的池塘，裸露的水渠，它们在阳光投射下是那么的祥和。进村的时候，我看见一栋民居前，有老人，有小孩，有菜园，还有两三只黄鸡与一条小黑狗……窗外这一切，复活了我的童年生活场景。就在这一刻，我猛然觉得故乡就在我心底。

窗外的风景真的很美丽，总是那么亲切，它让我总能找到自己，回到故乡。

包裹在粽子里的爱

小时候，我最期盼的事要数过节了。乡村的节日，隆不隆重，很大程度就看这家人吃的是什么。鸡鸭鱼肉，好像只有吃，才是过节的最佳方式。到了端午，我就能美美地吃上一顿粽子。那时，我家是"半边户"，父亲在外头上班，母亲作为女主人是勤劳而要强的，一个人默默地用孱弱的肩膀挑起了所有的农活和家务。在我的心目中，母亲是平凡而伟大的。在我的记忆中，母亲的一把柴火、一缕炊烟、一口铁锅，就能让再艰辛再清苦的日子泛起幸福的浪花！

只要田野的青蛙叫了，我就开始扳着手指计算，盼望着端午节快点到来。端午节头几天，母亲开始张罗着，去邻居家弄几个鸭蛋，去山上采些粽叶，去赶集买点猪肉，然后就是忙着包粽子。那个年代的乡村，十有八九的农户家里都缺吃少穿，每年四五月间都是青黄不接，饭碗里一年四季能不断白米饭实属不易，若能吃上两顿糯米饭就更是稀奇了，因为糯谷亩产量比常规稻还要低，大多数农户不会去播种。但母亲总会想尽办法，攒上一些糯米，摘些粽叶回来，让我们尝上香喷喷的粽子。

端午节前一天，母亲先是将糯米洗净放在半盆水里泡几个小时，再把粽叶洗干净，一一叠得整整齐齐，放在半盆水内的石头下压得平平的，并把煮过的葛根藤扯成细条备用，接下来母亲就开始在碗盆里包粽子了。从淘米到捆绑粽子，母亲均不要旁人插手，怕别人做坏了品相和味道。母亲在手中把粽叶灵巧地一卷，就成了一个漏斗形状。先放一把糯米进去，中间塞上几颗花生米，上面再盖上一层米，将粽叶翻转，左手大拇指立马按住，一个粽子就成了型。然后，母亲用牙咬住葛根藤的一头，左手拿住粽子，右手将粽子绑上，再用力拉紧扎好。三五个一小串、八九个一大串，三角形的粽子连起就像一串串吉祥的灯笼。一两个钟头，母亲就把一粒粒怀揣梦想的糯米，包裹成一枚枚坚实的粽子。都用一根根葛根藤绑着，好像为穿了衣服的小姑娘绑上一条腰带。然后，放在铁锅内水煮，先用大火煮沸，再用小火慢煮，满屋子飘散着粽叶的清香。我和弟妹围着锅台转来转去，一遍遍地问母亲："可以吃了吗？"母亲总是说："还早着呢！"几个小时后，一盆带着薄薄的粽叶香气的粽子终于做好了。

母亲的粽子包得有棱有角，每个都是用两片三指宽的粽叶半叠包裹所成，丰满而结实。一个个的小粽子精巧玲珑，不像食品，倒像是艺术品，可爱而诱人。眼看，其色可餐；鼻闻，其香可袭；口尝，其味可寻。我知道，母亲包出来的不只是粽子，更是对我们全家人的深深祝福。母亲把全部的心愿和希望，都包进了一个个粽子里，我们吃到嘴里，也甜在了心里。母亲为了我们，也似这些粽子在"披枷戴锁"地赴汤蹈火。我们成长的道路上，母亲就像这片粽叶，因包容，让一切粘连，让一切和谐，让我们兄妹仨人从小知道甜从苦中来。

吃粽子也有讲究。粽子煮熟了，母亲就把所有的粽子都捞出来放在半盆凉开水里。"三角四楼房，珍珠里面藏。想吃珍珠肉，解带脱衣裳。"然后，母亲又盛出来解开葛根藤剥下粽叶，拿出一些白糖撒在碗内，让我们蘸着吃。母亲说，趁着热吃，才有味道，等粽子都冷了，味就淡了。于是，我们一家人围坐在一起，津津有味地吃着粽子，这也是初夏湿热纷乱的躁动中，我们最奢侈的享受了。

如今，日子已像盛夏的太阳，红红火火，再也不愁吃不缺穿，想吃什么到超市里都能买到，很容易就能吃上一顿粽子。但对于母亲包的粽子，我始终都有难以割舍的情怀，小小时候的那些小小事，连同当年的缕缕清香一直存在于我的记忆里。

今年的端午节又近了，我极力劝说母亲不要包粽子了。七十岁的母亲，去年摔了一跤，折断了九根肋骨，在鬼门关外走了一趟。从医院出来后，我每一次去看她，离别时，母亲都会站在家门口，淡淡地说：走吧，我没事！稍后的日子里，她总是拿起这个又忘了那个。听妹妹这样说，我好几次都哭了。端午前一天晚上，母亲打来电话说："我把粽子都包好了，等你们都回来吃呀！"一种许久不经触碰的感伤，默默涌上心头。

此刻，这一抹淡淡的粽香就像母亲一双灵巧的手，撩拨着我内心深处最柔软的那个部分。当年无论生活再艰辛再清苦，只要一家人在一起就是幸福的。粽叶飘香的节日里，有粽香，有母恩，有家国……吃一口香甜的粽子，道一声，母亲，安康！

心怀感恩向未来

感恩，是中华民族的传统美德。一条长河，必有源头活水；一棵大树，必有根下沃土；一个人的成长，必有方方面面的帮助和关爱。如果没有父母养育，没有国家护佑，没有组织培养，没有大众助益，我们何能存于天地之间？学习百年党史，我深切感悟，有一种成长叫感恩。我的成长感恩谁？

不忘来路，方有出路，我感恩这个时代。今天，我们比历史上任何时候都要接近中华民族伟大复兴的目标，比历史上任何时期都更有信心、有能力实现这个目标。我们过着前人从未有过的美好生活。生在今天的时代，是多么幸运啊，多么幸福呀。幸甚至哉，我们比任何时候都更加有着做人的尊严和体面的生活。正如法国大作家雨果所说："人们不能没有面包而生活，人们更不能没有祖国而生活。"我和祖国一起成长，感恩"两个一百年""四个全面"战略布局带来的大好机遇。没有思想的民族走不远，没有精神的民族立不起。作为教育工作者，我以黄大年为楷模，心怀爱国之情，践行报国之志。

祖国是金铸的摇篮，让人依依不舍，正因为有了这样的感受，走在复兴路上，总有一种火热的光芒始终闪耀着，我的生命愿为祖国而澎湃。

不忘本来，方有未来，我感恩父母养育。每一个人自有生命的那刻起，便沉浸在恩惠的海洋里。父母是我们的源头，我们的成长是父母用血水、泪水、汗水浇灌来的。"羊有跪乳之恩，鸦有反哺之义。"对于父母的养育之恩，我们应该用一生来报答。如果家是一棵大树，那么我们的父母和长辈就是根，夫妻是树干，孩子和财富、健康以及一切美好的生活都是枝叶花果。可是，现在很多人弄反了，不敬父母只近小孩，这叫挖根。根断了，家这棵大树也就枯萎了。家是最小国，国是千万家。习近平总书记说："千家万户好，国家才能好，民族才能好。"不论时代发生多大变化，不论生活格局发生多大变化，我们都要重视家庭建设，注重家庭、注重家教、注重家风，把不辱先祖作为生活的起码原则。

不忘初心，方能前进，我感恩组织培养。陈毅元帅喜欢作诗，不少诗作都涉及感恩党的内容。他在《七古·手莫伸》中写道："第一想到不忘本，来自人民莫作恶。第二想到党培养，无党岂能有所作？第三想到衣食住，若无人民岂能活？第四想到虽有功，岂无过失应渐怍。"然而，今天在个别单位和干部中，存在"公恩私报"的现象，有的人把职务升迁看成某个领导的恩惠，认为"组织没有靠山稳""会做事不如会来事""靠本事不如跟对人"，因此，把组织的培养和群众的信任抛在一边，颠倒了个人与组织的位置，形成小团体、小圈子。"羊祜自焚奏稿"很值得今人借鉴。晋国大将羊祜率兵伐吴，后病重回朝，向晋武帝司马炎再三推荐杜预接替自己，然后将荐稿烧掉。晋武帝不解，问道："举善荐贤乃美事也，卿何荐人于朝，即自焚奏稿，不令人知耶？"羊祜回答："拜官公朝，谢恩私门，臣所不取也。"羊祜不希望杜预知道自己为他说了话而"谢恩私门"，因为这是朝廷对他的信任，不应感谢个人。干部都是党的干部，不是哪个人的家臣，要自觉摒弃"站队思维"，远离"圈子文化"。虽然，在个人的成长成才过程中，确实有慧眼识才的伯乐、辅助成长的领导等"恩人"存在，但真正的"恩人"是组织和群众。30年前，我在师范学校读书。有一天，校长找我谈话，说组织决定接收我为中国共产党预备党员，随后他紧握着我的手讲了句："我们是同志了。"当时一股暖流涌动全身，我既喜又惊，连连说："谢谢校长。"校长却连连摆手："别谢我，要感谢组织，这是党对你的认可和接受。"是啊，是党给了我成长的土壤，是党给了我进步的机会。吃水不忘挖井人，没有党哪来我们今天的一切。

不忘民众、方得民心，我感恩大众助益。苏联解体前，《西伯利亚报》曾以"苏共代表谁"为题在群众中进行了调查，结果认为苏共代表党的官僚和干部的竟占85%，认为代表劳动群众的只占7%。这样的教训不可谓不深刻。

亲近群众，融入群众，我们才能在群众的土地上生根发芽。《人民的名义》中有个叫陈岩石的老革命，他时常提一个问题"我们从哪里来？到哪里去？"祁同伟是这样回答的："从娘胎里来，到坟墓里去。"李达康是这样回答的："从群众中来，到群众中去。"这两个答案决定了这两个人走向不同的道路，命运不相同。一个饮弹自杀，一个走向辉煌。祁同伟信奉的是权力，是金钱，他说"英雄在权力面前是什么啊，只是工具。"而李达康敬畏的是群众，是信仰，他说"在人民群众面前，一定把尾巴给我收起来，别把尾巴翘起来当旗摇。"无数的实践证明，越是贴近群众，经济发展就越科学，社会发展就越和谐。"鱼儿离不开水，瓜儿离不开秧。"我们的职务越是提升，越要注意同群众保持密切联系，越要深入基层拜群众为师，扎根在人民群众之中。反之，不愿与群众交朋友，不敢同群众打交道，不会做群众工作，我们必然会失去群众的支持，最终肯定会被群众赶下台、扫地出门。人民最伟大，群众是真正的英雄。所以，毛泽东高呼，人民万岁！邓小平说，我是中国人民的儿子。习近平宣示，人民就是江山，江山就是人民！一个珍视人民的国家必将兴旺发达。我们无论身在何处，处于什么地位，都不要与群众有距离，要时刻警醒自己"为了谁""依靠谁""我是谁"。

鱼对水说，你看不到我的眼泪，因为我在你的怀抱里；水对鱼说，我能感觉到你的眼泪，因为你在我的心中。

鱼儿懂得了感恩，才能明白大海的博爱；大海学会了感恩，才会懂得鱼儿的深情。习近平总书记说："有一颗感恩的心很重要，所有的人都要有感恩的心。"因为感恩，我们珍惜成长；因为成长，我们学会感恩。作为一名共产党员，心怀感恩，方能扬帆未来，我每天都快乐地生活在感恩的世界。

我的胆子又小了

小的时候我胆小，天黑了就不敢出门，即使大白天也不敢一个人往密密的高粱地里钻。别的孩子能下河摸鱼，我却永远不敢。母亲知道我胆小，曾多次问我：你怕什么？我无法回答母亲，但我就是怕。我一个人走路总感到有什么东西在后边跟着我。我一个人到了田野上，总觉得有什么东西会随时跳出来。我路过树林子，总以为有什么东西会突然掉下来。我走过坟墓时，总会想起有什么东西会窜出来。我看见河中的旋涡，总感觉有什么东西隐藏在里头……

上了中学，我还是感到怕。在英语课堂上，我不敢开口大声念单词，更别说整段整段地去读一篇课文。在音乐课堂上，我不敢放开喉咙去高声歌唱，更别说去唱那《采蘑菇的小姑娘》了。在体育课上，我不敢叉腰起跳，更别说去篮球队投一个三分球。好在，我是幸运的，我的语文老师时常为我壮胆，每周都把我的作文当作范文在班上朗读。因为写作，我的胆子终于大了起来。

参加工作后，我的文稿见报了。于是，领导经常带着我下乡到基层体验。为了写出更好的文章，很多次我独自一人摸黑去采访大山里的老师、学生、家长们，一次又一次站在河边看旋涡，一次又一次钻进高粱地里听高粱生长的声音，一次又一次走进树林寻找孩子们的童话。我感觉自己心里满满的，但又不知道心里头装下了什么。直到有一天，我听到母亲对我女儿说，你爸从小胆子小，天一黑就不敢出屋门，现在胆子大了。

许多人问我写文章有什么用，但我一直没能想起母亲的话，如果现在有人问我这个问题，我就会这样回答他：作文使人胆大。胆大，不是敢胡作非为，不是不怕头落地，也不是随心所欲，而是一种精神，不人云亦云，不随波逐流，不睁眼说瞎话。

因为写作，我成为湖南省作家协会、湖南省散文学会会员。于是，在饭局上不少朋友称我为"作家"且向他人隆重推介，这个时候，我的脸皮又薄了，胆子似乎也小了。尤其是去年，拙作《国语华声说红楼——站在教育立场》出版，这是我正式出版的第七本著作，加之先前捧回叶圣陶教师文学奖提名奖，身边同事便建议我设坛开讲"红楼梦"。有两个单位还把邀请函发了过来。大家的热情让我很受感动，同时又想起张岱在《夜航船》序中讲的一个故事：昔有一僧人，与一士子同宿夜航船。士子高谈阔论，僧畏慑，拳足而寝。僧人听其语有破绽，乃曰："请问相公，澹台灭明是一个人、两个人？"士子曰："是两个人。"僧曰："这等尧舜是一个人、两个人？"

士子曰："自然是一个人！"僧乃笑曰："这等说起来，且待小僧伸伸脚。"此时此刻，我的胆子真的小了。我怕众人伸出脚来，踢一下事小，当众丢丑，无颜见父老。

古人云：艺高人胆大。这话讲得极有道理。能够写作、演讲，必须有底气，且有文化内涵的支撑。殊不知，大庭广众之下也有玩杂耍的，艺不高而胆大，什么都敢写。做学问切莫说大话，因为学问与口气时常成反比。学问愈小，口气愈大，愈是容易出丑。搞文学创作，还是艺高胆不大好些。对中华优秀传统文化，我们应有敬畏之心。

风雨做裂裳

初见葱兰，是在郴江的游道边。彼时不知其名，因它外观像日常食用的香葱，以为是附近村民播种的蔬菜。一天，雨后放晴，我又沿着江边走。忽见大片的"香葱"开出了洁白的小花，似漫天飞雪悄然而至，把十月的天空装扮得柔软起来，仿佛一群天真烂漫的小女孩，在江边嬉闹奔跑，忽而回眸，璨齿一笑，整个江堤上无数的笑声滚来滚去，又好似《红楼梦》里的林黛玉笑靥朵朵娇喘吁吁地向我们迎面走来。

我用百度识别，方知这可爱的花草叫葱兰。她拥有葱的外形、兰的气质，我们动口念一下她的名字，便觉唇齿生香，满口含着一种甜。青葱少年，豆蔻年华；蕙质兰心，花光韶容。我驻足长望，只见她细长的茎端上，有六个白瓷片一样的花瓣，紧紧围护着一个嫩嫩的金黄色花蕊。青白相映，淡雅明亮，分明就是西湖边走来的小青和白素贞，款款捧出一团火焰，与梦缠绵，与风言欢。

于是，我动了种养葱兰的念头。不久，我在一家花卉店寻觅到了二十棵葱兰苗。根部像大蒜，因此又被称为石蒜。此刻，秋意已深，寒风之中，争奇斗艳的草木之花早不见真容。在这多少有些萧瑟的日子里，风一吹，雨一洒，素日沉默无语的葱兰，噌噌地冒出来，绿油油，水灵灵，像一条绿围巾系在我家的阳台上。一茎两茎，一朵两朵，不约而同地摇曳起来，闪着一丝丝的白。开的花不是很多，但每一朵都显得如此的精致而清新、无垢，颜色和形状也让人无可挑剔，使整个阳台上的风景更加明媚起来。

长在阳台上的葱兰和生在江边的葱兰或许有着同样的心思，怀揣相同的期待。至少有一点是可以肯定的，她们的精神与气质，永远洁白芬芳。她们，纤小而坚强；她们，无闻而博大；她们，低调而高尚。喜欢阳光，也耐得住阴凉，不管是聚居于绿林草地，还是栖身于庭院阳台，不怨不尤，不蔓不枝，静静生长，默默向上，只为花开有声，向脚下的土地奉献出自己全部的生机活力。

有一天，朋友来访，走近阳台看花，他告诉我，葱兰亦叫风雨兰。多么美丽的名字呀。不经历风雨，怎么见彩虹？岁月深长，万物有期，努力生活的人，各有各的宏愿，风雨做袈裟。

风雨中笑展俏颜的，一定少不了风雨兰。风雨算什么？风又起，雨又来。风雨之中，葱兰痴情地绽放，把郴江堤淹没于起伏的花海。十月听风雨，万物可期许。倚窗而望，阳台上，白花似雪，风雨兰依旧在美美地开，美美地笑。

第四辑

任起耳边风

自以为是笑孔丘

某学院为一退休老教师举行荣退欢送会，有同事用"捧着一颗心来，不带半根草去"评价该先生。谁也没想到，一位院领导当场大发脾气，认为"去"意味着死，不吉利，指责这位同事是在故意捣乱。身边人赶忙解释，这是人民教育家陶行知先生勉励、赞扬教师忠诚于教育事业、甘愿无私奉献的原句。哪知该领导说话声调更高，甚至趾高气扬地点评"前半句可以，后半句糟糕透顶"，此言一出，满座哗然，令人哭笑不得。这个故事，是我从刘良军先生刊发在《党课》杂志上的一篇文章中得知的。

不得不说，现实生活中不少领导干部时常自以为是，奉行"我说是就是，不是也是；我说不是就不是，是也不是"的霸道作风，弄得周围人左右为难。本人就经历过这样一件事。一单位邀请我去为入党积极分子上党课，我把授课提纲交该单位领导审定。他看了看，然后对我说："《徒有其名的党员就是白给也不要》，这个题目要不得。"我说："这是列宁的原话，告诫我们要注意提高党员质量。"想不到，该领导抛给我一句话："我们单位都是当老师的，没有学徒。"

诚然，人都有表现欲，情不自禁时刷一下自己的存在感，亦无可厚非。可是，真理与谬误仅差一步。一个人养成自以为是的习惯，就必然唯我独尊，难免陶醉在自我感觉良好的氛围中，让人贻笑大方。一些领导干部自以为是，其实他的"是"恰恰"不是"。

自以为是，在某种程度上就是人对世界的认知和价值判断标准的认可。自以为是的人，多数是狂人。正如李白所言："我本楚狂人，凤歌笑孔丘。"一个"狂"字，惟妙惟肖地描绘了"笑孔丘"的神态。《论语》记载，孔子曾去楚国游说楚王，楚国的狂人接舆边唱歌边经过孔子的车前，嘲笑孔子迷于做官。孔子下车，想和他交谈，他却很快地避开了，孔子终于没能同他说话，他也根本没有理解孔子的目的。

古往今来，因为自以为是害人害己、误事误国的案例不胜枚举。马谡刚愎自用失街亭，诸葛亮不得不含着泪斩了马谡。关羽忠义可嘉，却由于性格狂傲，听不进劝，最终败走麦城，不仅大意失荆州，丢掉了蜀汉赖以恢复汉室的根基，而且断送了自己的性命。项羽、杨修、祢衡……自以为是，犯下种种错误，足让后人警醒。

现实生活中自以为是的现象也并不罕见，有的同志身居要职、大权在握，搞个人说了算，对一些"杂音""刺耳音"置之不理，仅凭手中权力呼风唤雨，最终遭人唾弃。

那些自以为是的领导干部之所以如此，有的是能力问题，有的是眼界问题，有的是作风问题，归根到底是思想出了问题。

　　看到问题才能解决问题。改造思想，修养品性，才能旗帜鲜明地反对"自以为是"。孔子在2500多年前就看到了这个问题，提出了"为学读书之绝四"。《论语·子罕篇》记载："子绝四：毋意、毋必、毋固、毋我。"什么意思？就是说孔子读书修身一点也没有这四种毛病，即不凭空猜想，不绝对肯定，不拘泥固执，不自以为是。为此，孔子提出了"绝四"的一种方法和途径，即择善而从，见贤思齐。孔子提倡，要以人为师，"择其善者而从之，其不善者而改之。"同时，看见贤人，便应该向他看齐；看见不贤的人，便应该反省。看齐与内省，就不会瞧不起群众。从群众中来，到群众中去，你把群众放在心里，群众就会把你高高举起。

青灯一盏煮学问

在百度汉语搜索"青灯"这一条目，基本解释有两种，一是指光线青荧的油灯；二是借指孤寂、清苦的生活。这两种解释用中国古代文学作品来说，就是青灯意象，成为文人骚客不可或缺的伙伴，往往给人带来强烈的时空感，与较为表象化的冷寂感。

古代诗词中涉及"青灯"一词的作品，数不胜数，但以李商隐之说影响最广。"语罢休边角，青灯两鬓丝"。语罢，即说完了话，说了什么话？他说"寄人龙种瘦，失母凤雏痴"，年岁大了儿子还小，提起这样的人生话题，心情有点沉重，同人交谈之后，屋内寂静无声，只有冷冷的青灯照着诗人的两鬓，这是一种无法言说的凄凉。在这里，青灯是孤寂中的最好伙伴。李商隐有一首脍炙人口的小诗《夜雨寄北》，是他身居异乡巴蜀写给远在长安的亲友的诗。"何当共剪西窗烛，却话巴山夜雨时。"诗里头"西窗烛"这一意象成为中国文人津津乐道的情感载体，情感与意象融合，似水乳交融，滋养着人们的心灵。

继李商隐之后，曹雪芹是营造"青灯意象"的又一高手。《红楼梦》里用"青灯"这一载体刻画了黛玉、惜春、妙玉不同的命运，令人惊叹。翻到二十七回，结尾是黛玉的《葬花吟》，正是"青灯照壁人初睡，冷雨敲窗被未温"，伤怀之情难以抑制。曹雪芹借青灯写黛玉孤寂的心，讲她没有着地的心事。第五回，宝玉在太虚幻境翻看"金陵十二钗"判词，看到惜春那一首，最后一句"可怜绣户侯门女，独卧青灯古佛旁"。一百一十八回，惜春真的出家为尼了，毅然选择独守"青灯古佛"的生活。"青灯"成了惜春的命运标识。接下来，曹雪芹用青灯写妙玉的性格。他用"世难容"三字来评述妙玉。为什么世难容？"可叹这，青灯古殿人将老；辜负了，红粉朱楼春色阑！"流露出曹雪芹对妙玉带发出家虚度年华的同情。"却不知，太高人愈妒，过洁世同嫌。"到头来，落得悲惨结局，无瑕白玉遭泥陷，依旧是风尘肮脏违心愿。曹雪芹以"青灯"为意象，写黛玉的孤寂，青灯加冷雨；写惜春的孤僻，青灯伴古佛；写妙玉的孤傲，青灯配古殿。想来也是枯燥寂寞，非常人所能受。

较之"青灯古殿"，我更喜"黄卷青灯"。陆游在《秋夜读书每以二鼓尽为节》中所写"白发无情侵老境，青灯有味似儿时。"这是我们小时候经历过的事情。那时的乡村还没有通电，在一个个天寒地冻的夜晚，四面漏风的房里只有一盏煤油灯陪伴着我们。我和弟妹围在饭桌边，拢在一起翻看小人书，兴趣正浓之际，灯花突然"噼啪"一响，屋中骤然亮堂起来。灯火映红了我们的脸庞，亦点燃了我们的梦想。奶奶则在旁边忙着做针线活，母亲往灶膛里添着柴火。这样的画面，大有"家人闲坐，灯火可亲"的感觉。彼时的那盏青灯，在我们的眼里是如此的可亲，以致竟然让乡村的冬夜萌生了冲动，顺手挽住了燃烧的激情。

闲书遮眼，青灯有味。这种青灯体验，是中华民族的勤学之风。"欧阳公四岁而孤，家贫无资。太夫人以荻画地，教以书字……以至昼夜忘寝食，惟读书是务。""范仲淹二岁而孤，母贫无靠……去之南都入学舍。昼夜苦学，五年未尝解衣就寝。"读到这两段故事，我不禁打心底生出几分敬佩，脑海里又浮现出青灯旁勤奋好学的小男儿。"唔咿声里漏初长，愿借丹心吐寸光。万古分明看简册，一生照耀付文章。"青灯燃尽一生，为求学上进的读书人映照出一片清朗乾坤。明朝文学家陈继儒在《小窗幽记》中写道："茅斋独坐茶频煮，七碗后，气爽神清；竹榻斜眠书漫抛，一枕余，心闲梦稳。"何谓读书人之风雅？什么是读书人心中的乾坤？这一茶一器一簋一卷之间，皆有春秋。方寸物件，迸发出无限风采。心闲梦稳，独坐灯下，方能让身心与现实世界的天平重回平衡，在这里，领略更多诗意与悠然。读书人的学问都是青灯煮出来的。

闻道浯溪水亦香

辛丑年冬月，又来永州，朋友引我参观浯溪公园。

走入公园大门，前行数百米，迎面耸着一尊高3.45米、重3.2吨的紫铜陶铸坐姿像。其意志高远，神情肃穆，若有所思，似刚进行了一次长途跋涉后，就在这山石上随地小歇。他的身后挺立着两棵高大的松树。

此情此景，令无数瞻仰者忆想起松树的风骨。我在心里猜度着，这位思索者这阵子思索的该是什么呢？

问道浯溪，祁阳有戏。祁阳县城声名远播的公园当数浯溪，其名最早由唐代杰出散文家、诗人元结所命。

元结曾任道州刺史，公元767年2月他从潭州返道州，舟经祁阳阻水，泊舟登岸暂寓。见此处幽胜，遂将一条向北汇于湘江的无名小溪命名"浯溪"，意在"旄吾独有"；又将浯溪东北处一方怪石命为"峿台"；还在溪口高六十余尺的异石上修筑一个亭子并命名"吾庼"。然后撰写了铭文："《浯溪铭》《峿台铭》《吾亭铭》，由著名书法家刻在石壁上，这就是当地人引以为傲的"三吾"。

一个是有三点水的浯，一个是带山字旁的峿，还有一个是没有任何偏旁的吾。吾者，我也。远山是我的，清川是我的，水声是我的，松涛是我的，寒日是我的，清风亦是我的，这六种情境皆是元结的挚爱。然而，元结当年面对湘江也曾问过："溪口石巅堪自逸，谁人相伴作渔翁。"他的心底也许有一个永恒的问题：吾是谁的？

公者千古，私者一时。元结当年把这里的溪、亭、台都当私有了，其实他为着的是千秋万代的"公"。如今的浯溪公园，不就是人民的吗？"园林之美，豪富所私；山川之胜，天下公之。"祁阳是陶铸的故乡，他青年时从这里出发，走上一条救国救民的路。"大道之行也，天下为公。"家乡人们对他心存感念，1988 年正值他诞辰 80周年，为他塑了一尊巨大的铜像，让他永远地坐于浯溪公园。参观结束，快离开公园的时候，我再一次来到陶铸铜像前，面对这位思索者，我简直就是刚发蒙的小学生。我一直在寻找着自己猜度的答案。

第一次了解陶铸，是三十多年前上初中那会，我们的语文老师给大家讲授《松树的风格》。"去年冬天，我从英德到连县去，沿途看到松树郁郁苍苍、生气勃勃、傲然屹立。虽是坐在车子上，一棵棵松树一晃而过，但它们那种不畏风霜的姿态，却使人敬意油然而生，久久不忘……我对松树怀有敬意的更重要的原因却是它那种自我牺牲的精神……要求于人的甚少，给予人的甚多，这就是松树的风格。"那时，他就给了我无穷的勇气，尤其是想到自己小时候爬上松树去摘松果，脑海中就浮现出家乡后背山那一大片的松树林，就会想到松树的崇高风格，暗下决心，希望自己能和松树一样不惧风雨，成长为具有松树风格的人。三十余年，弹指一挥间。今天，面对陶铸的铜像，我觉得自己的心没有丝毫的改变，觉得自己还是当年的那个初中生。

后来参加工作，我对陶铸有了更加深厚的情感，晓得他跟郴州有着千丝万缕的联系。

1965年3月，时任广东省委第一书记、中南局第一书记的陶铸到郴州检查农业生产工作，在"游苏仙岭公园新栽果树林，只见千枝吐艳，景象欣欣。然于三绝碑上，觉秦少游词，感其遭遇之不幸，因益知生于社会主义时之有幸，乃反其意而作一阕，以资读该词作今昔之对比，而更努力于社会主义革命与社会主义建设"。这是他在《羊城晚报》发表的《踏莎行》自序。这是他第二次登上苏仙岭，前一次上苏仙岭是1960年3月。他的这首词是第一次上山后唱和秦观的《踏莎行·郴州旅舍》之作。

时隔五年，陶铸再次登上苏仙岭，目触之景，心发之情，令他感慨万千，他便将自己创作的那首《踏莎行》正式发表。"翠滴田畴，绿漫溪渡，桃源今在寻常处。英雄便是活神仙，高歌唱出花千树。桥跃飞虹，渠飘练素。山川新意无重数。郴江北向莫辞劳，风光载得京华去！"这是一首歌颂社会主义建设、意气风发、催人向上的词，洋溢着革命乐观主义精神。如今这首词连同宋代秦观的词一起建亭立碑，成为苏仙岭的独特一景，传为佳话。

苏仙岭公园也有一条无名小溪，其水同浯溪一样向北汇于湘江，奔流入海。

更巧的是陶铸夫人曾志也是郴州人，她同吴仲廉、彭儒，被人称为井冈女杰"三姐妹"。这样一来，陶铸成了地地道道的郴州女婿，按当地习俗，像我这般年纪的人都应叫他一声"姑爷爷"。我们这位"姑爷爷"真的像松树一样，不管环境怎样恶劣，都能顽强地工作，刚直不阿，耿耿丹心，永不被困难吓倒。为什么呢？什么原因？1969年10月，陶铸在狱中写下《赠曾志》这首诗。诗作最后一句已成名言，广为传诵："如烟往事俱忘却，心底无私天地宽。"心底无私，所以无所畏惧；人民至上，所以勇于担当；胸怀天下，所以气节如松。他在生命的最后40多天里，以诗赠别自己的爱人，乃真丈夫也！这哪是一首诗，分明是一个痛苦而坚强的心灵的跳动，他的动力源就是一个大丈夫纯洁的情感和一位革命者坚定的信念！

陶铸和他的战友们怀着一个共同的理想，为人民谋幸福、为中华民族谋复兴。共图中华强盛，这是数千年来炎黄子孙奉行的人间大道。

漫步浯溪公园，从陶铸铜像前走过，便来到陶铸纪念馆，出馆北行为浯溪露天摩崖，其诗文书法，博大精深，具有丰富的文化内涵。这485块石刻中，尤以元结创作、颜真卿书写的《大唐中兴颂》为皇冠上的文化明珠，因文奇、字奇、石奇，被视为"摩崖三绝"。明初解缙在《镜石》一诗中对此评价甚高："水洗浯溪镜石台，渔舟花草映江开。不如元结中兴颂，照见千秋事去来。"

以史为镜，复兴大业，山高日升。故乡这片热土，一直是陶铸心中的圣殿，上善若水，故乡的水是多么香甜啊。即将离开浯溪公园，我伫立在铜像前，放眼周遭的松树，默想飘过的松风，我思索着孔子说过的话："朝闻道，夕死可矣。"

笑的风

　　笑是一个人情感的表现，笑是一个人情绪的表白，笑是一个人情趣的流露。人们常说"笑一笑，十年少"。意思是说爱笑、会笑、容易笑的人越活越年轻。果真如此吗？未必！不同场合、不同语境，笑的意思与意义也就大不相同，由此而来的情绪、情怀、情况亦千差万别。

　　你看，我们身边的人有的笑口常开，有的笑容满面，有的笑逐颜开；有的嘿嘿一笑，有的付之一笑，有的回眸一笑；有的哈哈大笑，有的拊掌大笑，有的捧腹大笑；有的笑不露齿，有的笑掉大牙，有的笑出眼泪；有的假惺惺地笑，有的憨痴痴地笑，有的灰溜溜地笑；有的笑傲风月，有的笑里藏刀，有的笑比河清；有的笑得说不出话来，有的笑得上气不接下气，有的笑得大哭不止死去活来。

　　会笑的笑出了经验，笑出了水平，笑出了风格。不会笑的或讨笑的，也曾人亡国败。唐朝的开国大将程咬金，有感薛仁贵一家的兴衰对天而言："薛家兴，薛家败，薛家死了我还在。"随后，几人哈哈大笑，一命赴黄泉。

还有南宋猛将牛皋生擒了老对手金兀术，万分高兴，结果大笑而亡。因此，民间流传"笑死牛皋气死兀术"的故事。笑是一柄双刃剑，因笑出问题历史上有两个经典故事。一个是春秋时期周幽王为求得美人一笑，烽火戏诸侯。褒姒笑了，西周亡了。这就是成语"千金一笑"的由来，也是历史上最贵的笑容。还有一个也同美女有关。唐朝白居易在《长恨歌》中这样写杨贵妃："回眸一笑百媚生，六宫粉黛无颜色。"这个回眸一笑不得了，不仅六宫无颜色，而且朝廷无颜面。迷色误国，安史一乱，唯长恨无绝期！

笑和哭是文学与艺术不可缺失的内容，不少作品是在笑声与哭声中表达了人们的诸多情绪与诉求，正所谓"笑中也有泪，乐中也有哀"，让后人从中读出几分庄严，几分诙谐，几分玩笑，几分感慨，几分味来。这方面，我国的四大名著具有很高的艺术成就。

《红楼梦》中写人物的笑，有两处颇为精彩。头一处是讲王熙凤，曹雪芹赋予她"笑"的风格，使凤姐这个人物魅力十足。王熙凤第一次登场就让人们深深地记住了。"这个人打扮与众姑娘不同……一双单凤三角眼，两弯柳叶吊梢眉，身量苗条，体格风骚，粉面含春威不露，丹唇未启笑先闻。"此时，林黛玉刚进贾府，贾母与众人正和黛玉闲聊着，气氛严肃恭谨，众人皆敛声屏气，忽然就传来一阵笑声："我来迟了，不曾迎接远客！"人还未到，笑声便已底气十足，从转角处飘了过来，那气势让林黛玉深深纳罕的同时，又让贾母很高兴她的到来，正是合了老祖宗心意。书中通过写王熙凤的喜笑、冷笑、假笑、谄笑、讥笑、强笑、似笑不笑，传递着王熙凤的喜怒哀乐，流露着王熙凤的人生甘苦，表达着王熙凤的爱恨情仇。以致很多读者都说：林黛玉爱哭，王熙凤会笑。

这是讲个体的笑，另一处是讲众人的笑。第四十回，史太君两宴大观园有一个饭局："贾母这边说声'请'，刘姥姥便站起身来，高声说道：'老刘，老刘，食量大似牛，吃一个老母猪不抬头。'说着，却鼓着腮帮子，两眼直视，一声不语。众人先是发怔，后来一听，上上下下都一直哈哈地大笑起来。湘云撑不住，一口饭都喷了出来；黛玉笑岔了气，伏着桌子只叫'嗳哟'；宝玉早滚到贾母怀里，贾母笑得搂着宝玉叫'心肝'；王夫人笑得用手指着凤姐，却说不出话来；薛姨妈也撑不住，口里茶喷了探春一裙子；探春手里的饭碗都合在迎春身上；惜春离了座位，拉着他奶母叫揉一揉肠子。地下的无一个不弯腰屈背，也有躲出去蹲着笑的，也有忍着笑上来替他姊妹换裳的。曹雪芹通过这一集体的笑，写出了大观园最盛的一刻，刘姥姥为大观园带来了最原始的笑，给大观园带来了生机与活力，贾府上下欢天喜地。第四十回与第一百零八回对应，两场家宴，一笑一哭，把贾府的盛衰说尽了。

四大名著有一个共同点，都把人物的笑与哭写得淋漓尽致。细数三国，你会发现曹操的笑与刘备的哭，极具能力与水平。赤壁兵败，在奔逃路上，曹操接连三笑，把他的傲气、胆气和勇气全都透了出来。曹操的笑，笑得大度，笑得洒脱，笑得让人惊心动魄。据统计，《三国演义》共写曹操的笑54次，真可谓大英雄笑对人生，天下归心。《水浒传》写得更直接，开篇就用一首词来讲英雄好汉的笑。"试看书林隐处，几多俊逸儒流。虚名薄利不关愁，裁冰及剪雪，谈笑看吴钩。"吴钩，是春秋时期流行的一种弯刀，后来被历代文人写入诗篇，成为驰骋疆场、励志报国的精神象征。梁山一百单八将，谈谈笑笑，替天行道。耐人寻味的是，书中专门写了个叫"笑面虎"的人物，让人去感受梁山好汉的"忠孝义"。这个朱富不简单，善用暗器，是朱贵的弟弟，跟李逵是同乡，在梁山坐第九十三把椅子。其人性格极好，在县城外开了个酒店，整日里笑脸迎人，足智多谋，令人佩服。这个店实际上是梁山与外界连接的地下交通站。上梁山后朱富负责收山寨钱粮，最后专抓酒醋供应。地藏星笑面虎朱富，跟我们身边的"笑面虎"不同，古道热肠，有情有义，是个以笑制胜的典型。《西游记》从头到尾更是一部笑剧，老少皆宜。若你为少年，定会被悟空斗妖降魔后爽朗的大笑，深深迷住；若你为青年，想必对女儿国国王含情脉脉羞涩的笑，念念不忘；若你为中年，看见凤仙郡百姓求雨而得甘霖后对天啼笑，必生悲悯；若你为老年，最不愿看到的应是金池长老纵火盗袈的贪笑。好在，佛祖拈花一笑，默不作声。

笑比哭好，微笑让人心不再冰冷。你我心传心，至净至纯，笑对他人，笑对人生。

一部中华文明史，其实是一部炎黄子孙笑对人生的心灵史。5000多年的中华文明史连接着500多的年世界社会主义史，托起近代以来中华儿女170多年的斗争史、中国共产党100年的奋斗史以及新中国70多年的发展史和改革开放40多年的实践史。在这宽广的历史舞台上，众多人杰笑沙场，日盼春来济苍生。

"我自横刀向天笑"，谭嗣同笑什么？笑迎死亡！他说："各国变法，无不从流血而成，今中国未闻有因变法而流血者，此国之所以不昌。有之，请自嗣同始。"他对去留有自己的定见，开口即言"去留肝胆两昆仑"。去者，留者，都如昆仑山的两座奇峰，俱领千秋风骚。他在刑场上大声喊着："有心杀贼，无力回天。死得其所，快哉快哉！"谭嗣同从容地面对带血的屠刀，冲天一笑，视死如归，不愧为国流血第一士。

中国共产党早期领导人瞿秋白1935年在长汀被捕后，断然拒绝各种劝降。他对劝降者说："人爱自己的历史，比鸟爱自己的翅膀更厉害，请勿撕破我的历史。"临刑前，他环视四周，远眺是苍翠峰峦，近处是山野田园，脚边有小花绽放，尔后盘腿而坐，含笑对刽子手说了一句"此地甚好，开枪吧！"枪声响过，瞿秋白倒卧在花丛中。这是一个文人革命家最后的浪漫，他的笑折服了无数后人。他和他的战友们用忠诚、从容、英勇，终于让魔鬼的宫殿在笑声中动摇。

笑将风引来，风从南边来，将我们吹醒，送来报春鸟的歌声，这是春天里风的笑声。笑的风声，让我们重新听到了 40 多年前南海边的笑声与风声。这是中国的声音，是母亲的声音，是召唤的声音，是复兴的声音。这笑，在风中，笑出五湖四海；这笑，在雨里，笑得花落花开；这笑，在心上，笑得天翻地覆。

笑是未来的礼赞。笑因风而起伏，一笑就是永远，复兴就是永生，笑与风都通向无穷。今日中国，如你所愿。硝烟散尽，和平安宁。到处都是活跃的创造，到处都是日新月异的进步，欢歌代替了悲叹，笑脸代替了哭脸，富裕代替了贫穷，明媚的花园代替了暗淡的荒地，我们走向了世界舞台的正中央，而生育我们的母亲，也如蒙娜丽莎般微笑，端庄、美丽，以一种神秘莫测的千古奇韵，让无数人为之迷恋、为之倾倒。

心中三棵树

我时常想着三棵树，一棵是故乡的苦楝树。

我老家房屋出大门的右前方，有一棵苦楝树。在众多的树木中，苦楝树很难吸引人们的眼球，暗褐色的树皮，并不伟岸的身躯，平平淡淡。它的材质既没有杉树那样轻柔，又没有古柏那样厚实，很多时候都是被当作烧火柴，在我老家极少有人谈起它。

家门口这棵苦楝树是怎么来的，我不太清楚。只依稀记得，父亲每次从公社回来休假，常会为它松土、浇水。于是我就记住了这棵苦楝树。

苦楝树最美的时候在春末夏初，绿枝嫩叶缀满全身，不知不觉绽放如梦似幻的紫色花朵。仔细看，每一朵小花都有五片花瓣，白嫩中透出淡雅的紫。它的花期很长，有的年份能持续一个多月。

苦楝果是苦的，并不能吃，为什么父亲还要不断为它松土浇水？原来，那几年家里诸事不顺，母亲和祖母反反复复有病在身，一年接一年，硬是没让人喘过气来。更气人的是养牛牛死，养猪猪不活，连鸡鸭也没有几只留下来，蒸煮了一缸米酒准备过年也变了红变了酸。老人说，运背，有晦气。怎么摆脱这种晦气？在我们老家给孩子取名爱取贱名，带个猪呀、狗呀、牛呀什么的，就好养了。于是，父亲认为苦楝果看似苦实是甜啊，苦尽甘来！父亲这种不乏哲理的想法，让我心中涌起无法言说的亲切，还有一种淡淡的苦涩。

苦楝树仿佛幸运树。不久，我考上了师范学校，父亲给我的第一封信，开头一句便是"时来运转"，别的已记不清了。隔了三年，我师范毕业参加工作，到一所农村学校教书，惊喜地发现学校里也种着苦楝树。我问一位老教师："干吗在校园里种这么多苦楝树？"他很严肃地说："到学校读书，就要有'苦练'精神。"因而，我对苦楝树更添几分情谊。

而今，老家的房屋早已空着，父母、我和弟妹们都住在了城里，不知门前那棵苦楝树还好吗？"君自故乡来，应知故乡事。"前几日，碰巧在城里遇见我的一位小伙伴，向他打听消息，得知尚好。我的思绪好像又回到了从前，在看苦楝花开。真的，很久没有闻到苦楝花香。

我时常想着三棵树，一棵是屋前的香樟树。

转眼参加工作二十多年，从乡下，到县城，进市里，我先后搬了三次家。如今，在我家窗外六七米远的地方有一棵香樟树，足足有五层楼那么高的身躯，像一名忠诚的卫士每日每夜保护着我们。每天院子里的小轿车在我家窗前来回穿梭，扬起的灰尘总是调皮地朝我家飞来，假如没有这棵香樟树和它的伙伴连成那片香樟林，不知会有多少灰尘钻入我家，落到桌子上，飞进肺里去啊。是这棵香樟树和它的伙伴，把飞扬的灰尘吸附在自己身上了。或许，这就是我钟爱香樟树的原因。

香樟树在江南很是普遍，有句俗话说："江西竹、江南樟，北方板栗山东桑。"我们老家的人常把香樟树看成风水树。听老辈人讲，人们有个约定，谁家要是生了个儿子，就去种一棵梧桐树，要是生个女儿就种下一棵香樟树。等到香樟树长到碗口粗的时候，媒婆就会上门说亲了。等到树干长到水桶粗的时候，这家门前还有香樟树那就不会有媒婆上门提亲了，因为女孩已经成为老姑娘了。亲事定了，这家的香樟树就要砍下来做嫁妆，一般用来做箱子，因为香樟木有防虫功效。等到出嫁时，娘家人会在箱子里放上被子和其他饰用品，还有一些钱，万一女儿被休，没钱回家的时候，这些钱就能派上用场。这种风俗一直流传至今。有了这个传说，香樟树更迷人了。看着自己的女儿一天天长大，我恋着昨日的美好、今日的欢乐，亦愈加眷恋起这些香樟树。每一个女孩有香樟树陪伴的日子，该是多么温馨啊！

香樟树是女儿树，也是尽责而不张扬的树。你看它的叶，之所以四季常青，皆因老叶十分尽责。秋冬时节当自然界一片萧瑟时，它却呈现出勃勃生机；春天到了，万物复苏、争妍斗丽，它却在反省自己，慢慢地、慢慢地，脱去旧叶；渐渐地、渐渐地，长出新芽。在新老交替时，新叶刚冒尖，老叶断不肯离去，待到芽尖长成新叶，生机尽露，喜悦尽显，才依依不舍地飘落。这些旧叶就是为了给新叶留下一席之地，它们奉献自己是为了让新叶更旺盛。你看它的花，极小极小的，淡黄淡黄的，纵使是几朵攒在一起，也是难以引人注意，一点也不张扬，唯一让你感知它存在的就是开花的清甜，还有清新与清香，尤其是在雨后让人有着莫名的愉悦，情不自禁感到暗香浮动，渗入心肺，竟是那样的神怡气爽。你看它的枝干，拳曲而苍翠；你看它的树冠，茂盛而幽深；你看它的树皮，圆润而飘逸，简直就是苏东坡那绝世的碑帖。

一位作家说："我把你丰盈的身姿，比作书，书中自有颜如玉，书中自有黄金屋。喜欢看书的人，多半是喜欢你的人，喜欢你的人也自然会慢慢地恋上书，因为只有文字才能诠释你无比魅力的全部。"香樟树无比的魅力总是如此让我迷醉。我可以锁住我的心，却锁不住你对我的诱惑。你常年淡泊，不与百花争妍，不与松柏争强。你是香中之魅，无花也飘香；你是树中之王，有叶不拒尘。你不事张扬，暖不争花红，寒不改叶绿。对于香樟的恋，我总不能随着岁月的流逝而淡了，散了。

我时常想着三棵树，一棵是学校的桂花树。

我办公室北侧是学校的桂花园，一共有 12 棵诱人的桂花树，不过我最喜欢我办公室窗前的那一棵。桂花树早在西汉时就被视为神仙之树，是长生不老的树。相传炎帝之孙伯陵，趁吴刚离家三年学仙道，和吴刚的妻子私通，还生了三个孩子。吴刚一怒之下杀了伯陵，因此惹怒太阳神炎帝，把吴刚发配到月宫，令他砍伐月桂。月桂高达五百丈，是棵不死之树。吴刚每砍一斧，斧子一离开，树的伤口就马上愈合。炎帝就是利用这种永无休止的劳动对吴刚施以惩罚。而吴刚的妻子对丈夫的遭遇亦感内疚，命她的三个儿子飞上月亮，陪伴吴刚，一个变成蟾蜍，一个变成玉兔，一个变成了蛇。宋朝杨万里赞美桂花"不是人间种，移从月中来；广寒香一点，吹得满山开。"美丽的诗句，让人充满无限想象。李清照且感叹"暗淡轻黄体性柔，情疏迹远只香留。何须浅碧深红色，自是花中第一流。"好个第一流！明月清风里，望它，闻它，真令人烦心顿解，万虑齐除。

　　桂花树是吉祥树，古代读书人视其为科第吉兆的象征。古代乡试、会试一般在农历八月举行，时值桂花盛开的季节，八月又称桂月。人们把考生考中喻为"折桂"，并与神话传说挂上钩，美称"月中折桂""蟾宫折桂"；登科及第者则美曰"桂客""桂枝郎"，科举考场则美称为"桂苑"。唐代大诗人白居易考中进士后，得知其堂弟白敏中考取进士第三名，写下"桂折一枝先许我，杨穿三叶尽惊人"的诗句祝贺。因此，古代人喜爱在书院、文庙、贡院种植桂花树，取"双桂当庭""两桂流芳"之寓意。

桂花树得人喜爱的另一个原因，是它有超凡脱俗之高洁品性。唐朝王绩《春桂问答》云："问春桂，桃李正芬华，年光随处满，何事独无花？春桂答，春华讵能久，风霜摇落时，独秀君知不。"春天百花齐放，但难持久，只有在风霜凌厉众花摇落时独放，才能显示独特的风格气度。桂花花朵微小而花香浓烈，与儒家的精神追求相吻合，最受古代士族崇尚。汉代功臣萧何极喜植桂，他种在陕西南郑圣水寺的"汉桂"，曾树荫覆地400多平方米，树龄2200多年，至今依然香气袭人。宋代名相李纲最爱桂花，他晚年退居福州时，将其书斋命名"桂斋"，房前亲植桂花，流芳一生。民族英雄林则徐酷爱桂花，常以桂花明志，他在福州时曾重修李纲祠并在祠旁筑室读书，题为"桂斋"，以示继承李纲的爱国遗志，香留人间。

坐在办公室里，一抬头就能看见窗前那棵桂花树。它是如此的雄健壮观，又是那么的叶大浓绿，正如古诗所云，"叶密千层绿，花开万点黄。"每到盛花时节，香飘十里，芬芳馥郁，清可洗尘。此时此景面对这棵桂花树，唯觉"桂香飘不歇，此趣谁能猜"。我见过黄山的松，看过香山的枫，但最牵挂的还是窗前的桂花树。"群压西风擅众芳，十分秋色为君忙。一枝淡贮书窗下，人与花心各自香。"这样的时光，不管世事沧桑如何，唯有桂花香，暗飘过，满腹经纶独寂寞。

　　我时常想着三棵树，一棵是激我苦练不止的苦楝树，一棵是教我尽责不显的香樟树，一棵是润我暗香不歇的桂花树。苦练不止，尽责不显，暗香不歇，一个人能长久如此，必无愧生命，必无愧青史。这，也许就是人生的美好之处；这，也许就是人生的动人之歌。

我愿做一棵树

村庄西边那棵古柏树枯了，上了年纪的老人说，那是因为这棵古柏树偷听了村里太多太多的故事。

说到这棵古柏树，记忆的闸门总也关不住，似有凶猛的洪水不停地撞击。我的家乡下竹中村，史载已有1700年的历史，往上推算一下就到了东晋时期，我脑子里时常闪现着陶渊明的《桃花源记》和他描绘的最佳幸福生活：土地平旷，屋舍俨然，良田美地，往来种作，鸡犬相闻，黄发垂髫，怡然自乐。我多么祈望那粒桃花源的种子在故乡的泥土里长成参天大树。

有树的地方就有绿，绿色是人们对美好生活追求的永恒体现。听奶奶说，树，是家乡曾经的骄傲。这个骄傲却在两次疯狂的砍伐中逝去了。20世纪四五十年代，我们家乡也曾有一番桃源美景。那时，你顺着村前的溪水行走三四百步，也有一片桃花林，生长在溪水的两岸，中间还有梨树和李子树，芳草鲜美，落英缤纷。穿过桃林，呈现在眼前的也是一片平坦宽广的土地，田间小路交错相通，鸡鸣狗叫到处可以听到。村庄东西南北各有一条路，路的两边是田，田的两边是山，山的两坡全被松树、杉树、香樟树包裹着。一山连着一山，一峰接着一峰，一沟环着一沟，放眼望去，满坡堆着烟雨，尽是满眼的绿。山尖上的白云悠闲地晃荡，忽东忽西，追着山上的羊儿跑。山藏云间，恍如仙境，美不胜收。奶奶讲，不知什么时候老虎也迷恋上了这里的美景。那会儿村里谁家孩子夜晚啼哭，大人们常说"你再哭，等下老虎来了。"这的确不是吓唬人的，村里的伍叔公就在村后头打死了一只老虎。伍叔公是个拳师，很有招式，七八个身强力壮的年轻伢子很难拢他的身。那天傍晚，伍叔公从后山那片松树林下来，走在半路突然听到一丝异样的声音，凭着自己的经验，他知道这是一只野兽。伍叔公警觉地回头观望，这一望不打紧，把他惊出了一身冷汗，不远处站着一只吊睛白额虎。第二天，政府给他颁了块"打虎英雄"的匾。奶奶说，四乡八镇的高音喇叭那几天连着响个不停，直喊得圈栏里的猪失了眠，叨咕得村里村外无人不晓得"伍叔公打虎"，那架式，犹似当年武松打虎威镇阳谷县。

很快，伍叔公的故事成了传说。不仅老虎没有了藏身栖息的美景，而且树上的飞鸟也无处做窝了。后来，村民们疯狂砍树，不管大树小树，见树就砍，全村只有几蔸大古树是幸免者，它们成了村里的"风水树"。长在村西的这蔸大古柏，树腰粗，当时村民想把它锯掉去炼钢铁，结果锯子没那么长，锯不了。于是，叫黑牛拿斧头去砍，斧头下去却把黑牛两手的虎口震裂了，只崩出一小片木屑，树口还往外流着水。村里上了年纪的长辈说，这树成精了，吓得黑牛甩下斧头屁股一转，走了。许多年后，我在这棵树下站了很久。我想，树的生命难道只是枝、是叶？人的生命难道只是肉、是血？

没有了绿，整个村庄曾经拥有的蓬勃生机与活力连同那些铁炉灰飞烟灭，风光不再。树没了，好比解开了村庄的衣扣，露出了一截干瘪的躯体，多少有些荒凉。没有了树，鸟的巢也空了。也许，空巢注定是飞鸟的宿命，还有村庄的宿命。几声鸦鸣，更把夜色染沉，奶奶说村庄里所有的鸟都瘦了。鸟看不见自己的心事，只因为它飞在空中。没有落脚歇息的地方，风去了哪儿呢？村里的鸟在纳闷。然而，让人纳闷的事却接踵而来，树没了，牛的嘶哞，狗的吠叫，鸡鸭的合唱，连同老人的咳嗽，孩童的哭笑，一年比一年稀疏了，一天比一天没了声响。

经过二十多年不断植树造林，到了1983年，村里的荒山又披上了绿装。这时村里的田分了，土分了，山林也分了，牛羊和农具也分了，能变成钱的事都让村民兴奋。穷怕了的村民，再次失去理智，又一次疯狂，疯狂砍树，一夜之间树一棵一棵地轰然倒下。山空了，村子空了，村子里人的心也空了。他们不知道一截一截的树会做什么用，可这些已经不重要，重要的是捏在手里的钞票。那是连斧头、锯子都在疯狂的一段岁月，但人比斧头、锯子更加疯狂。斧头砍去的、锯子拉断的，留下的伤口都在树身上，结成了泪痂。而人在砍伐中留下的伤口长在了子孙的心上，变成了痛。树的伤叠上人的伤，造成了时代的伤。可是，在有利可图的涌浪中谁会在意这个伤口呢？在我的记忆中，乡亲们砍倒了树，种下了风，收获了暴风雨。那一年村里的大人吃了亏，老人吃了亏，妇女也吃了亏，就是小孩没有吃亏。老天爷说，小孩子还不懂事，大人怎么就糊涂了呢？

　　值得庆幸的是，村西那几棵"风水树"再一次逃过一劫。那棵古柏用自己的一圈一圈年轮记录着村庄的历史，它是一部站着的历史，在风中，在雨中，在风雨飘摇中又走过一段难忘的时光。它见证一代又一代人的全部，历览一个时代又一个时代的风云，是一部活的"村史"。它的枝更密，叶更茂，干更壮，树皮上的青苔还是那样绿，满地的树阴还是那样浓。上天把它留下来，就是要向后人叙说那些不该忘记的苦难。树是大地的嘴巴，通过树与天对话，让天更蓝；通过树与水聊天，让水更清；它通过树与人沟通，让人更美。

　　又一个二十年过去了，村边四周的山依然杂草丛生，星星点点地站着几棵村，让人揪心。不知当年的伐木者是否也曾反思，心里是否也还盛着对生命的尊重与人性的温暖？唯愿如此。我暗自高兴的是村西那片"风水树"还在，这里已成下竹中村的一个地标。外村人路过这里，看到"风水树"茂盛，都说村子有兴旺气象。外出的人回来远远看到"风水树"，心里一下子就踏实了。

今天，当我听到村西那棵古柏树枯了，心里极为难过，我知道它的心思。树没了，我愿是一棵树……

做一棵离太阳最近的树

屈指一算，已近知非之年。我发现自己的大部分时光是在写作中度过的，看书、写作、教书、育人成为我生命的主旋律。我像一个哑巴，把想讲的话藏在心里，写在纸上。我是一个相对简单的人，为人处世没有花花肠子，直来直去，想法简单，生活也简单，也不喜欢心机多的人。不是我的智商和情商有问题，而是不愿把智商和情商用在这上面，我觉得跟这样的人打交道是浪费时间。

我没有太多的奢望，作为一个文学爱好者，只想努力地写出好的文字，留下好的文章。这是一个简单的愿望，而简单的愿望也只能靠自己去实现。自己不努力，没人帮得了你。写作靠内功，最能看出一个人的真功夫，来不得半点花拳绣腿。因而，我以一种最简单，也最诚实的态度去对待每一次写作，莫说收获，先去耕耘。就像农民一样，日出而作，日落而息，不骗自己，更不欺天。

知非之年，值得期待，这是一生中最好的年纪。奔五的人，该懂的都懂了。真的，假的，美的，丑的，善的，恶的，甜的，苦的，都见过，都尝过。走过山水，见过江湖，该爱什么，不该爱什么，该做什么，不该做什么，都懂了。奔五的人，不再以梦为马。倘若二十岁的心像小溪，三十岁的心像小河，四十岁的心像条江，那么五十岁的心便是大海，不再肤浅与轻浮，更多的是承载与担当。奔五的人，该有的都有了。争过，拼过，得意过，失意过，一半是热烈，一半是坦荡，既能奋发不休，又能顺应天命。

我上小学的时候就对阅读表现出由衷的迷恋，看了不少的小人书和故事大王、童话世界之类的书籍。上了初中，由于语文老师的指引，我走进了文学的殿堂。她在班上，把我的作文当范文读给同学们，榜样的力量是无穷的，我暗下决心今后的作文要写得更好。于是，就开始在自习时读高尔基、托尔斯泰、鲁迅、巴金、茅盾、郭沫若、老舍、曹禺、施耐庵，把《物理》《数学》这些教科书衬在外面做挡箭牌，暗度陈仓，认识了不少中外作家。是文学，唤起了我对写作的喜爱，获得了源源不断的动力，从汉字构建的世界里去了解生活，去体味人生。我现在回想起来，假如没有写作，我会是一种什么样的格局？我还会走近李白、杜甫吗？还会寻觅月落乌啼、江枫渔火吗？还会崇拜上下求索、先忧后乐的生命依托吗？

我真正的写作是到了高校以后，之前在教育行政机关也写作，当然还不是纯文学的写作，最多只能叫写，一直写到今天。行动就有收获，坚持才有奇迹。我写作最主要的目标不是成为作家，而是与自己的心灵对话，必须久久为功，最需要坚持。很多人从学校毕业走上工作岗位以后，就不再阅读不再写作了，他们的心灵里或多或少缺失了文学的温度。其实，写作和人生一样，都需要坚持。

最近十年，我创作出版了教育随笔集《教育心声》《教育心志》《教育心斋》，散文集《波心有月》《竹中有我》，诗歌集《我在原地等》，还有红学研究专著《国语华声说红楼——站在教育立场》。朋友问我，每天工作忙碌，又有不少应酬，哪有时间去写书？我一直认为，时间是挤出来的。我坚持早上六点左右起床，每天上班提前一小时在办公室读书写作，中午提前半小时，这样加上晚上的安排，每天至少保证有两三个小时的时间用于阅读和创作了。

我知道，人和人的差异往往是八小时之外造成的。早起的鸟儿有虫吃。我早起的习惯是父母从小培养的，睡懒觉的小孩子在农村往往被人看作不勤劳，是个没有出息的人。我坚持每天写点东西，主要是关于童年、关于故乡、关于教育，因而有了"李国华教育心学三部曲"，倾诉了"育人育心，立人立志；正心定志，励行求真"的教育立场，表达了"不怕窝心，就怕死心；不怕无志，就怕丧志"的心志诉求；书写了"迈出左脚，我没有理由不迈出右脚"的工作格言。先后捧回"湖南省教育科研优秀成果二等奖""叶圣陶教师文学奖提名奖"。如果当初没有一个写作规划，就算起得早，也只是一个早行的赶路人，方向不明确必会走弯路。

喜欢写作的人，大多数是心地善良的人。真正的写作者，不仅仅是在写作品，更重要的是在写人生。善良的人，有一个特质，既能诚实面对公众，又能诚实面对自己。所以，诚实的作家，深受读者喜爱。在逐利的世界，听真话比中大奖更难。诚实和善良的人，其心就是太阳。今天我想告诉大家的是，真正的写作者不会幻想一夜成名天下知，不会轻轻松松等灵感，也不会浮躁喧闹，必是上下求索，择一事，终一生。创作这件事，与急功近利没有关系，急不得，计利当计天下利，求名当求万世名。时代风云变幻，我心始终如一。

20世纪80年代，我到师范求学，听了几堂精彩的文学欣赏课，在我心里种下了一个作家梦。这些年，我之所以一路写下来，心无旁骛，任人评说，不是有恒心，而是因为热爱，就是我前面所说的，对文学的向往实则是对善良充满好奇，希望用文字能够创造一个善良而瑰丽的世界。在湖南省作协、湖南省散文学会，我充分感受到了自己的富足，什么样的诱惑，都无法取代文字世界赋予我的独立人格。

好的文学，可以让人获得无穷的力量。尽管世俗世界有这样那样的潜规则，连文坛也有熟人社会的关系网与利益链，但真正的写作者，只有一个选择，皈依文学，从皈依中看到崇拜，对文学本身的崇拜。每个人的一生其实就是一个文学故事，这个故事是否精彩，取决于每个人是不是用心在书写。用心书写的一个重要标志，就是做一棵离太阳最近的树，充分汲取太阳的精华，蕴藏太阳的温暖，扎根大地，向阳而生，参天而发。

任起耳边风

我住在教委大院的时候，时常会遇见一位年过七旬的退休干部，左手腕上挂着一个黑色的牛皮袋，见了熟悉的人，就把他创作的诗歌或歌词打印文稿一个接一个地分发。他的作品以现代诗为主，偶尔也有旧体诗，间或写些三句半。久而久之，院子里的老熟人便有了"喜新厌旧"的情怀，开始对他的这种举措热嘲冷讽，甚至有的人接过手，走一段路，趁他不注意就把手中文稿扔了。他似乎并不在意，隔三岔五又把新创作的文稿拿出来散发，似乎是让身边人分享他的快乐。这样的事情，持续了七八年。那年，老年大学向上面推荐他参评"老有所学先进个人"，他挥挥手拒绝了。于是，身边不少人又对他品头论足，褒贬声此起彼伏，然而他心依旧初衷不改。

滚滚红尘，茫茫人海，有如此凡俗却淡泊名利之人，令我惊奇。真乃"百岁有涯头上雪，万般无染耳边风"。

在我身边，还有一位酷爱画作的老教师，20世纪90年代中期被国家教委评为"全国优秀教师"。明年他就到龄退休了，可依然是讲师职称，跟他同一年进校的老师，要么提拔当了领导，要么拿到了教授职称，要么早就下海捞金去了。有人为他鸣不平，他却襟怀坦荡："我只做该做之事，名利皆如过眼云烟，终究消散。"

有一天，一位"意难平"的同事告诉他，当年卡他脖子把他的名字从评职称花名册上拿下来的那个人"出事了"，真是老天有眼……老教师忙阻止他的嘲讽，淡然而语："过去的已经过去，过去的那个人早已不是现在的这个人，没必要去计较了。"虽然，这位老师至今未能跻身"教授队伍"，却活出一副磊然风骨，"虚名毕竟耳边风，梦入巢由事一空"。面对这位先生，我有无限感慨，敬仰之情油然而生：得似此身有好味，阅尽千帆即放翁。

三十年前，我在一所乡镇学校当班主任。班上有位姓曾的学生，个高，机灵，并有耐力，是搞体育的好苗子。而他却对无线电着了迷，连上课时都经常走神。有老师向我告状，说他上课开小差，还偷看"课外书"。我有意帮他开脱：既然他有这方面的兴趣和爱好，只要肯钻研，就放手让他自己去闯闯吧。如今，这小伙子在广东与人合伙创办了两家电子公司，有了不凡的业绩。忆起当年，这位学生很感慨，我亦十分庆幸，那时不曾人云亦云，还劝阻了其他老师的自以为是，任他沉浸于自我努力的旅途上。

有时候，我们耳朵里不必要的东西塞得太多，以至于被一些纷乱的声音搅得心浮气躁而随大流，致使行无方向，动无结果。其实，我们是多么需要先清净自己的耳朵，再清净自己的心田。清心不染耳边风，人生有愁亦开怀。

在人生的道路上，时空与我，毫不留情地在额头写下刻痕，每一次揽镜自照，都会慨然发现，自己的白发又多了不少，有时候，甚至不肯承认自己五十岁了。但听到晚辈们有人叫我"舅公""姨丈公"，猛然想起自己早已当了爷爷做外公了。是啊，到了被人称"爷"唤"公"的辈分，不认老也不行啰。我是怎么突然就到了五十岁呢？不是突然！太多的耳边风，太多的明月清风，仿佛是一个大盆，再善游的鱼也不能游到盆外去。越往前活，越觉得"竹杖芒鞋轻胜马，谁怕？一蓑烟雨任平生"的境界并非那么容易达到。

《金刚经》里说："过去心不可得，现在心不可得，未来心不可得。"为什么不可得呢？因为耳边有风，心念时刻变化，让我们无法知解原有的本意，结果趋名者醉于朝，趋利者醉于野，豪者醉于声色犬马，故"春来草自青，秋来苇自白"的自然心、平常心亦随风飘过。

可见要做到真心体寂，哀乐不动，不为风言冷语而左右是多么不易。我们被耳边风左右就如对着空中撒网，结果只有一个，那就是空手而出又空手而回。两袖一甩，清风明月；仰天一笑，快意平生；布履一双，山河自在。我有明珠一颗，照破山河万朵。这是禅师的境界，虽不能至，我心向往之。

　　想想看，人生如果是一次远行，当你一个人在无灯的黑夜走路，不必思维，任起耳边风，只要看脚下就好了。

走，到沙洲去

壬寅年惊蛰，我们一群人来到沙洲，住进市委党校沙洲分校，启动为期三天的专题读书班，深入学习贯彻党的十九届六中全会精神。惊蛰到，春雷响，大地苏醒，万物生长，气象更新。这一天，又恰逢全国"两会"开幕，按下中国发展快进键，为民族复兴标注新速度。这么特殊的日子，我们来到沙洲，以专题读书班这样一种方式，来唤起思想的觉醒，迎接、拥抱复兴中国的春天。

这是我第三次来沙洲，到达沙洲分校已过上午十点。明亮的太阳映照大地，娇洁的白玉兰花一树一树地开，宛如一个个美丽的少女温情地翘着兰花指，煞是好看。树丛中，"党校姓党""忠诚于党"八个金光闪烁的大字赫然在目，使人心底里油然而生一份庄重、敬仰之情，一份宁静和全心的充满爱意的遐思。是呀，红色沙洲孕育着火红的希望。沙洲的红色故事，沙洲的纯朴与沙洲的厚实，沙洲的韵味，无不令我情更浓、意更切。沙洲的每一寸土地都仿佛在我的心灵深处生根、开花。

观瞻徐解秀旧居，房子的模样和床上的摆设依然如故。那间厢房是当年三位女红军住过的地方。房间有十六七平方米，只有一个小窗户，比较阴暗，木床上竖着四根竹竿，横着两根，是挂蚊帐用的。木床和竹竿都因年代久远而锃光瓦亮。在这间简陋的房屋里，我仿佛看到当年从战场归来的红军战士们坐在这些破旧的木椅上，我的思绪早已与那苦难辉煌的岁月紧紧相连。看见习近平总书记的照片，我的情思飞扬，耳畔回荡起习近平总书记饱含深情的话语："在湖南汝城县沙洲村，三名女红军借宿在徐解秀老人家中，临走时，把自己仅有的一床被子剪下一半给老人留下了。老人说，什么是共产党？共产党就是自己有一条被子，也要剪下半条给老百姓的人。"

一段红色的记忆就是一枝红色的花，绽放在我们的心里。习近平总书记在纪念红军长征胜利 80 周年大会上讲述的"半条被子"的故事，穿越尘封的历史，散发出沁人的温暖，暖了中华大地。四年后，习近平总书记亲临"半条被子"故事发生地沙洲村考察，四面蜂拥而至的记忆，把我们带入一段久远的时光，时光里那些温暖的点滴汇成红色的海洋。

来到"半条被子"雕塑广场，我们的目光被雕像吸引。仰望的目光掠过历史的烟云，凝聚在徐解秀和三位女红军手中。那是我们熟悉的被子，每天睡觉都要用到的床上用品，它太普通了，以至人人都想拥有。而在那个年代，它又太不普通了，以至不是人人都能拥有。于是，有没有被子盖连同有没有衣穿、有没有饭吃，成了共产党帮助老百姓过上好日子的暖心事。往昔，沙洲正是以这种独有的精神和魅力，诠释着"军民团结一家亲"的永恒主题。如今，在实现伟大中国梦的征途上，沙洲更是中国共产党人初心不改的精神高地。这种精神，是人类历史本身丰富而灿烂的精华，必将光耀长空，让无数鲜活的生命有了更新的高度和尊严。

一条被子是完整的，半条被子是温暖的。"半条被子"的故事，像一缕春风吹拂每一个人的心。"半条被子"的故事，让我们记住什么叫不忘初心、服务人民，让我们记住什么叫军民情深、守望相助，让我们记住什么叫纪律严明、秋毫无犯，更让我们记住什么叫信守承诺、说到做到。三名女红军在告别徐解秀时深情地说："等革命胜利了，我们会给你送一条新被子来。"中国共产党带领人民推翻了"三座大山"，实现了"革命胜利"的诺言。但徐解秀日夜挂念的女红军再也不能回来了。共产党没有忘记这个诺言，邓颖超、康克清等参加红军长征的老一辈无产阶级革命家特意托人看望徐解秀，并带来一条崭新的被子给她，履行了当年三位女红军的承诺。红色沙洲，不仅在革命时期，成为温暖人性的地方，就是在今天，亦焕发着青春，成为温暖中国的火焰。红色沙洲的历史证明，人心是最大的政治。

布被瓦器，衾影无惭，这是古人对被子的一种认识，直到这个红色故事的传播，才赋予了被子新的内涵，锤炼出了一种新的精神，成了中国共产党人践行初心、服务人民、信守诺言、说到做到的见证。半条被子，温暖中国；一床新被，诚信世界，赢得民心。

漫步沙洲，惠风和畅，"人民就是江山，江山就是人民"几个大字格外醒目。驻足习近平总书记走过的地方，我不禁默默吟诵起总书记的《念奴娇·追思焦裕禄》，"为官一任，造福一方，遂了平生意。绿我涓滴，会它千顷澄碧。"这是中国共产党最高统帅的心迹，"人民"两个字始终挂在心上。上下五千年，中国哪个政权、哪个政党会有如此鲜明的主张？正是这句朴质无华的话语，让我们站在新时代的复兴号上看到了民族的希望。

来到文明瑶族乡第一片红军小学，我走进校园，感受"小树苗"如何拔节生长。育人圣地，首在立德。红色沙洲，一个值得思考的地方，一个值得记忆的地方，一个值得向往的地方。

走，到沙洲去。在徐解秀旧居去淘洗自己，把内心的喧嚣和观念的偏差剔除，把附着在身体上和思想上的杂质抹掉，抖落在滁水河。

走，到沙洲去。在纪念广场聆听共产党员的铿锵誓言，一同分享老百姓的笑声。让快乐得以传递，创造一个笑声里的中国。

走，到沙洲去。在陈列馆重温半条被子演绎的脉脉温情。一把剪刀从被子中间剪出一条道路，那是红军走进人民群众心坎的路。剪得开的是一条被子，剪不开的是"军爱民、民拥军"的鱼水情。

走，到沙洲去。在红军桥上走一走，意气风发，走出正步，走出精气神，一切行动听指挥。到红军路上去体验一次心灵世界的长征，摄取最鲜艳的红色，涤荡沸腾的血液，寻回共产党人的血性，还原一个铁打的硬汉。

走，到沙洲去。在市委党校沙洲分校读原著悟原理，拨去物欲横流的乌云。感受马克思主义中国化最新成果的暖味，捕捉百年党史和奋进新时代的韵味，品尝真理的甜味。"贪廉一念间，荣辱两重天"，清贫奋斗者胜，腐败堕落者衰，这是历史的铁律，任何人也不能违背与拒绝。

读书班结束的时候，有一项活动是集体合影留念。我们来到"半条被子"雕像前，再次感悟"半条被子"故事的意蕴。此时，沐浴着沙洲红，我带着虔诚，怀揣崇敬，充满深情，站在沙洲眺望北京，望眼欲穿崇山峻岭，我看到了雄伟的天安门，以一种端直而挺拔的姿态，接受一种洗礼，传承一种精神……

安颜二字说李杜

　　李白和杜甫是大诗人，是一对好兄弟，亦是诗国的"爷们"。唐天宝三年，李白和杜甫在洛阳相会，闻一多先生称这次相会是中国的太阳和月亮碰了头。是啊，李杜相会，中国的诗坛便红霞满天，双日并耀，出现了旷世的盛唐气象。

　　我不曾想过李白的身高与容貌，脑海里却浮现他衣袂飘飘，御风而行的样子。自我感觉良好的李白，他所处的时代并不缺少沉重，可他不仅觉得自己是天下第一，还一直认为自己身上有仙气，于是太常少卿贺知章亦认定李白是从天上被贬谪到凡间的神仙，不然怎么就写出了《蜀道难》这样的诗作呢？他的诗句缥缈得如仙如梦。他是诗国里真正的"爷们"，不愧为"谪仙人"。

　　戴建业老师说，"爷们"的本质是笑饮生命的苦酒，笑对人生的成败。因为是"爷们"，因而人生坦荡荡。"仰天大笑出门去，我辈岂是蓬蒿人。"十分得意，十分自负，这就是李白。"鸬鹚杓，鹦鹉杯。百年三万六千日，一日须倾三百杯。"醉眼看四方，朦胧摘星辰，这就是李白。

"天生我材必有用，千金散尽还复来！"多么自信，多么豪壮，这就是李白。极度亢奋的生命激扬，不可一世的桀傲狂放，出人意料的夸张想象，使人感受到这位谪仙人的豪放飘逸。

豪放容易理解，就是指李白诗歌的情感与气势豪迈而奔放。飘逸呢，有点意会而又难以言说。在先秦时期，"逸"用来表明不与浊世同流合污的人格品貌和生活态度。庄子是第一个倡导并发扬"逸"的古代文人，他在《逍遥游》等文中阐发了"奔逸绝尘"的逍遥境界和飘逸精神。至魏晋时期，"逸"开始在社会文化审美领域广泛使用，自曹丕用"逸"评价刘桢的文章后，均将"逸"作为一种文艺审美标准，至唐宋后得到进一步发挥。在唐朝，"逸"被划为一种独立诗品，分为"高逸""逸格""飘逸"等不同品格。因而，人们常用李白的"飘逸"、王维的"闲逸"、孟浩然的"壮逸"来描述唐代诗人的"逸"风，赏析唐诗作品的逸气、逸韵、逸品。

《宣州谢朓楼饯别校书叔云》是李白的一首代表作，我们读一读这首诗，可以感受一下他的豪放飘逸。"蓬莱文章建安骨，中间小谢又清发"，李白说，叔叔呀，你的文章写得真好，有建安风骨，我的诗作也不错，像谢朓那样清新。既赞美他叔叔，又称赞自己。"俱怀逸兴壮思飞，欲上青天揽明月"，几杯酒下了肚，越喝越亢奋，飘逸的兴致出来了，想上天去，把月亮捉下来玩一玩。你说高兴不高兴，当然高兴。可是，他突然来了一句"抽刀断水水更流，举杯消愁愁更愁"，刚才还在快活着，现在立马又痛苦得很，酒也解不了愁。"人生在世不称意，明朝散发弄扁舟。"这话的意思就是，大不了我不干了！你奈我何？他的思绪飘然而来，戛然而去，大起大落，大开大合，大摇大摆。大起大落是功夫，大开大合是精神，大摇大摆真威风。

李白的威风在哪里？"安能摧眉折腰事权贵，使我不得开心颜。"一首诗歌，一种性格。千百年之后，无数胸中有霁月光风之志的知识分子，每每捧读此句，总能从诗句中嗅到那种穿越时空的气息和一吐块垒的声响，那是生命觉醒之后的仰天大笑。这笑全从飘飘欲仙之态中透出。"且放白鹿青崖间，须行即骑访名山。"连山中的白鹿也好像是他自己养的一样，随时可以骑行。世间之人要么骑马，要么骑驴，而李白要骑白鹿。鹿是中国文化里的仁兽，性情温良，又清心寡欲，既与"禄"谐音，又与"道"相契。道教称鹿为文昌帝君，掌管民间的功名利禄。一鹿相伴，云游四方，我李白还有什么功名利禄放不下呢？一头白鹿，正是李白从此云游四海、隐逸逍遥的心态叙说。他的生命由野入朝，又由朝归野。此刻，他心安，他笑颜，上天入地的诗仙出尽了风头依然纯真。

我不由得就想起另一个以"安"开头而以"颜"结尾的诗句。"安得广厦千万间，大庇天下寒士俱欢颜。"这句诗出自李白的兄弟杜甫之手。《茅屋为秋风所破歌》抒发的是典型的"兼济天下"的儒士情怀。杜甫出生在书香门第，他常说"诗是吾家事"，家与国连在一起。杜甫不像李白那样，要追求个人的自由。杜甫一生沉浸在对人民苦难的同情与抚慰之中。他的人生目标就是"致君尧舜上，再使风俗淳"。在他的诗歌里，国家安宁，他就快乐，国家动乱，他就痛哭。"国破山河在，城春草木深。感时花溅泪，恨别鸟惊心。烽火连三月，家书抵万金。白头搔更短，浑欲不胜簪。"这里头，"感时"是讲国家，"恨别"是讲自己；"烽火连三月"是写国事，"家书抵万金"是写家事。他总是把国家和自己连在一起，充溢着浓浓的家国情怀。

李白一句"安能摧眉折腰事权贵，使我不得开心颜"，卸却天下，回到了"道"的怀抱；而杜甫一句"安得广厦千万间，大庇天下寒士俱欢颜"，兼济天下，回到了"穷年忧黎元"的民胞悲悯之中，这是"儒"的崇高担当。李白"散发弄扁舟"，豪放任性；杜甫"浑欲不胜簪"，稳健理智。杜甫是李白的粉丝，早年曾跟随李白求仙访道，并在山东遇上了高适，三个人从夏天到秋天，忙活了好一阵，什么仙丹、仙草都没有弄到，更不要说见到什么仙人了。于是杜甫告别了李白独闯长安。之后，写下了"朱门酒肉臭，路有冻死骨。"这个时候，安禄山已经在河北起兵叛乱，杜甫始终把自己的命运与国家命运紧紧地连在一起。"不寝听金钥，因风想玉珂。明朝有封事，数问夜如何。"他怕上班迟到，从凌晨四点就问，天亮了没有。多么敬业，多么拘谨。李白就不同了，"天子呼来不上船，自称臣是酒中仙"，你看，何等潇洒，何等放纵。两个人的性格不同，两个人当官的风格也不同。李白相信道教，后人称他老人家为诗仙；杜甫相信儒家，后人称之为诗圣。

杜甫的诗主体风格是"沉郁顿挫"，也就是说杜甫的诗意诗情大多"沉郁"，而他的艺术方法有点像书法中毛笔的顿笔与转笔。因为深沉、抑郁、凝重，所以他的表现方式不是飞流直泻，而是婉转回旋，其声几乎一字一顿，多有悲剧色彩。

老人家一生漂泊，一直想回到洛阳。逝世那年杜甫坐船离开三峡，不知什么原因，他坐的这条船没有回到洛阳，反而越走越往南了，竟一个拐弯到了长沙。这个时候，他写了《楼上》："天地空搔首，频抽白玉簪。"他说，我头发没几根了，还不断地抽簪子，急得抓头呀。这里有对国事忧心如焚的意思。"皇舆三极北，身事五湖南。"我远离皇帝，帮不上皇帝的忙了。"恋阙劳肝肺，论材愧杞楠。"我实在太爱这个国家了，可是自己没有才能，武不能卫国，文不能安邦。"乱离难自救，终是老湘潭。"不要说救这个国家了，我连自己都救不了。

公元 769 年正月，杜甫从潭州，也就是长沙，到了衡州，即今天的衡阳。他的朋友韦之晋，在衡州任刺史，可是他到衡州时韦之晋又调任潭州了。等他折回潭州后，韦之晋病逝了。这时，杜甫一家衣食无着，不久潭州动乱，他只好转回衡州，因为舅父崔玮当时代郴州刺史，他不得不赶往郴州投亲度难。没想到，这位诗国的爷们就死在了郴州，一个叫耒阳的地方。

对于杜甫的死因，郭沫若先生在他晚年的封笔之作《李白与杜甫》一书中指出，杜甫死于食物中毒。当时郴州的地方长官听说杜甫来了，给他送了很多酒肉。正值暑热天气，没有冷冻设备保藏，剩下的肉大概是腐败变质了，杜甫好长时间没有吃肉喝酒，他又爱吃爱喝。而腐肉是有毒的，尤其在腐败后二十四小时至二十八小时毒性最烈。这些变质的牛肉夺去了我们民族这位伟大诗人的生命。

不管杜甫是怎样死的，都不影响他的伟大。唐朝有一种混合型的意识形态，没有谁规定你必须奉行道教，也没有谁要求你必须遵循儒家思想。服膺儒家思想是杜甫的自我选择。这为后来的社会重新把儒家思想定于一尊提供了自信。因为他把自己奉献给了多难的民族，也把自己奉献给了苦难的百姓，更是奉献给了艰难的社会。"济时敢爱死，寂寞壮心惊"，他的寂寞，皆因"济时"而起，他的呼吸总是应和着时代的节奏，他的心脏总是和百姓疾苦同时在跳动。

李白是仙，杜甫是圣。故李白得天下之妙相，杜甫生般若之智慧。杜甫写李白的诗有十余首，如《春日忆李白》《天末怀李白》《赠李白》。李白一生，不管如何倒霉，有了杜甫这样的兄弟，足矣！杜甫是李白的铁哥们儿。"文章憎命达，魑魅喜人过"，杜甫太理解李白大哥了，为什么李大哥的诗写得好呢，因为他这个人不走运，而太走运的人，诗就难写好。"敏捷诗千首，飘零酒一杯"，这十个字为李白把脉真准！可做他的盖棺论定。盛唐气象就是这样的两兄弟带领一班人开拓出来的。"安能摧眉折腰事权贵"的豪纵与"安得广厦千万间"的怜悯，化成了博大宽广的胸怀，变成了深厚广博的仁爱。"开心颜""俱欢颜"，这里头的颜值比生命更高、更美。

韩愈云："李杜文章在，光焰万丈长。"李白与杜甫一生都在燃烧，他们是人间的火种。站在李杜这两个"爷们"面前，我不禁思考："儒"的担当与"道"的自由，人生到底更需要的是哪一个？望着李杜远去的背影，我只能把他们的诗，从天空一行行地取下来，合在心里，像珍爱天山雪莲一样珍爱，如亲近湘江木芙蓉一般亲近。我想，李杜的背影，其实也是我们每个人的影子。不是吗？李白的狂放，杜甫的内敛；李白的浪漫，杜甫的务实；李白笑傲王侯有一副豪客形象，杜甫书生意气怀一片菩萨心肠，难道每个人不是在这两者之间做出非此即彼的选择，这是儒与道的互补，是中华文化的博大与兼容。

．

第五辑

左右清风来

我从乡下来

我从乡下走来，带着原野力量的粗韧。然而，黑色的旷野，蓦地动起来，一阵疾风扫过，把田野上鸭子飞奔留下的那些脚印吹得歪歪斜斜。这是出自造物主之手的东西，拥有原初的生命力。

我的老家在湘南一个叫下竹中的小山村，《桂阳县志》记载"下竹中系东晋时置的晋宁县址，南朝陈废"。这个村已有1700年的历史。我十来岁的时候村里有300来口人，现在有400多口人。除了李姓这个大家族，村里还有姓邓、姓帅、姓侯、姓唐的人家。

下竹中属水，南边、东边、东北边各有一条河流来，在村前汇成一条水路通向湘江。水就是下竹中人的骨髓。村民的生活处处与水有关。宴请宾客压轴的是一大碗清水面，开场更是直白：水酒一杯，不成敬意。村前那条小溪，像一条绿色的丝带，把田野里的七个水塘紧紧地拴在一起。七个水塘，如七块翡翠一样，镶嵌在这四百亩的大粮仓上，装扮着故乡这片土地。

这片多情的土地上，到处响着哗哗的水声。井水、溪水、塘水、河水，水水流淌，源源不断，依天地，生生而不息。记得小时候听老师讲《蓝色的多瑙河》，一下子就被那无处不在的蓝色意象迷住了。长大后，才知道多瑙河并非蓝色，因其河水清澈，两岸风光绮丽，它在人们心中就成了一幅蓝色的画。我说故乡的河是蓝色的，就像人们说蓝色的多瑙河一样。这蓝色，透着纯净，与白云，与绿树红花形成强烈的对比，带给我们安宁和悠然。

我是故乡的土捏成的，自我落生的时候，这土地就给我打上了胎记。这泥土铸成我的肌肤和魂魄，令我受用无穷，终生不可改变。土性就是我的天性，就是我的个性。这里的人民，是干农活的好手。耕田种地的节奏，遵从古例，日出而作，日落而息，看天吃饭。一切按照二十四节气运行，骨子里是天人合一的观念，顺从天意安排。春播、夏种、秋收、冬藏，不敢违背这一自然规律而倒行逆施。但是在我成长的那些年头，村里的人一直处于半饥半饱的状态。青黄不接之际，大人们努力寻找一切可以下咽的食物充饥。我念小学的时候，常常跟着小伙伴一起拿着红薯边走边吃。生活越苦，快乐越珍贵，记忆也就越深刻。谈起童年的游戏，20世纪70年代出生的人都会有莫大的愉悦感。

我们家属于"半边户"，父亲在公社吃国家粮，家中的农活全靠母亲一人操劳。在村里上完三年学，我就跟随父亲到村子十里外的公社走读，早晚行走在田间小道，风雨无阻。后来，又随着父亲到离家三十多里远的邻乡读中学，每周步行往返，还肩挑四口人用的米菜，因此身体有锻炼。小学与中学时代的"走读"，使我的意志得到磨炼，因而走上社会后遇到一些磕磕碰碰，永不颓丧。

我17岁那年考上一所师范学校，外出求学成为村里人茶余饭后的谈资，他们极羡慕我因为户口转为"非农业类"而改变了命运，摆脱了"玩泥巴"的劳苦，但最根本的羡慕还在于我从此可以吃上"国家粮"了，过上旱涝保收的日子。我是故乡田野里的一棵小草，旭日东升的光线把我的身影拉得很长很长，长得像村边巍峨挺拔的大树，接受着众人投来的谜一般的目光。从他们羡慕的眼光中，我铭记着我是农民的儿子。

在外头工作30年，我愈加觉得故乡可爱。这几年时常想回家乡居住，但这并不意味着我的家乡就是天堂。改革开放40多年，新农村建设日新月异，可是农民依然被排斥在体制之外，比如健康保障、国民福利待遇、老年人生活和文化娱乐保障、残疾人员救助等诸多问题，农民基本不在其中。我每次回农村，到了家乡都有一种负罪感，虽然我只在一个三线城市生活，并没有过上大富大贵的日子，但跟村民相比就感觉自己在城里拥有得太多。村里与我同年出生的人，红白喜事相逢聚拢一起恰好可以坐成一桌。他们全在外面奔波，大多是在工厂或工地上干体力活。那些在郴州打工的兄弟我去看过，跟他们一起吃了狗肉、大碗喝酒。他们一点文化生活都没有，晚上要么加班，要么上街闲逛，要么打牌赌钱。正常情况下，他们在外辛苦打工一年，可以弄到五六万块钱，这还必须是没有一点恶习的人。如果是喝酒、抽烟、打牌厉害的人，余钱就会少些。如果染上赌博的习性，他就可能一年到头落个两手空空。有的兄弟一不小心就弄得连过年的钱也没有，只好借东补西凑合着过日子。

过了上九或正月十五，村里的青壮年陆续出去打工了，在村里悠悠走着的不是老人就是小孩。这些留下来的老人或一些家庭主妇，除了要忙地里的农活，还要操持家务，三顿饭基本上是马马虎虎便打发了。她们富有牺牲精神，只要是儿子和老公出去打工了，一般都舍不得吃点好东西，只有来了客人，才会搬出陈年旧货，改善伙食。大儒辜鸿铭独到地指出："要懂得真正的中国人和中国文明，那个人必须是深沉的、博大的和纯朴的"，因为"中国人的性格和中国文明的三大特征，正是深沉、博大和纯朴"，此外还有"灵敏"。所以，下竹中的人跟所有中国人一样"过着孩子般的生活"，自然拥有安详恬静、如沐天恩的心境，给人留下的总体印象是那种无以名状的温良。

如果家人都平安健康，小日子还算过得舒坦，平静中也就增添几丝牵挂。一旦家里有人摊上重病，或者碰上天灾人祸，那么这户人家基本上就要被压得喘不过气来。我有一位远房亲戚，他的小孩肾脏出了毛病，县里、市里、省里有名气的医院都去看过，治疗的意见只有一个：换肾。但是他哪里拿得出那么多的钱来治这种病，没有几个农民之家有能力承担治疗大病的医药费，得了大病基本上就是等死。亲戚朋友再怎么相助，也是杯水车薪。那个亲戚希望我写一篇文章在报纸上帮他呼吁，看能否得到社会上的一些捐助。我告诉他，写篇文章容易，问题是哪家报社愿意发表呢？改革开放初期，在报纸上发表这类文章的确帮了不少人的忙，现在再发表此类文章已得不到多少人的关注和同情，因为大家听到的这样的事情太多了，已经顾不过来，爱心亦如生病的肾，亏了！

人的生命如此有别，现在城里几乎每个单位都会为职工定期体检，早已进入保养阶段。乡下的农民若不生病，谁会去定期体检？两者一对比，农民的生存状况是多么不堪。去年，我的老家走了6人，其中3人还是60岁左右因心脏病和脑血管病发作而去。我每年春节回家，见到村里每个人都为他们能够活着、开心过年而感到庆幸。

我离开农村以后，先后在县城和市区生活，但繁华的城市一直没能改造我，我身上的土性仍然明显。每次看到城里的老少爷们儿或者年轻女性牵着一条小狗遛街，我就想他们与其和一条狗交流，还不如去跟人交流。收养一个农村的孤儿或者结对子帮扶一个贫困学子，难道不比养一条狗更有意义吗？时下这个社会为什么如此难以进行人性沟通？那些有钱人或有闲人如果能把自己富余的财力、精力用到社会公益事业上来，他们的幸福生活不是更有意义吗？我这样说，那些宠物协会的人士也许会认为我不珍爱动物。可是我自己觉得这是近人情的想法，我的心里装着乡村孤儿和弱势群体，他们的命运比城里的一条狗艰苦许多，由狗及人，于我心有戚戚焉。

我是一个理想主义者，始终坚信通过奋斗可以改变人生；我是一个完善主义者，始终抱着眼睛里掺不得沙子的念头；我是一个恋旧主义者，始终对用过的物相处过的人以善待之；我是一个批判主义者，始终对己苛求不停寻找诗和远方。我也经常告诫自己，不能用农民的眼光审视城市，尤其是不能用这种眼光要求别人。但是，我的骨子里对故乡有一种天然的情结。这种情结好比穿着贴身的背心，不是为给别人看，而是温暖自己的心。

我们这些从农村考学出来的人，回到村里几乎不谈村里的事情，因为我们对这些实在无能为力，除了难过就是心痛。我们宁愿将这些难过和心痛压在心底，也不愿拿出来让父老乡亲相互感染。这跟我们在城里不敢谈招商和海绵城市建设是一个道理。我们经历了一场没有硝烟的教育战争。独生子女政策改变了人口的生态，瓦解了传统的家庭分流，这些孩子承受着不能承受之重，他们没有了生活在一个屋檐下的兄弟姐妹，没有了相互帮衬的人生第一课，现实生活所需的合作、自立精神也就显得多少有些先天不足了。倾听族里兄弟们的述说，民间养育和现代教育这些都经历了一场深刻的异化，造就了一批不愿长大的儿童化的成人和心智早熟而生计晚熟的成人化的儿童，两者互为依附，后者对前者经济依附，前者对后者情感依附，以致小孩成为大人的玩偶，大人成为小孩的仆人，两者都丢掉了自己，得了"爱无能"的慢性病。

为人父，生育、养育、教育儿女是对神灵与自然的敬馈。村里当父母的人都希望通过儿女考学改变家族的命运，可是大多数人不过是上演了"你撤退，我掩护"的戏码。今年，是我进入国家体制的第 30 年。我因为从乡下来，时时刻刻都知道乡下的人千辛万苦，所以极其珍视儿童发展的纯粹目光。可是，每一个孩子都像天空中的风筝，飞得再远，总有一根线牵在父母的手中，我们都是父母拉扯大的孩子，深切体会着乡村社会的广袤和复杂。不管怎样，乡下依然是我的魂，这里有我童年丑陋的小板凳。

读几本垫底的书

　　人生要有几本垫底的书。尤其是当老师做学问，仅盯着几本教科书是不够的。教科书只是入门的，要学好教好还必须读经典。陶行知先生曾说过："人生应该有几本垫底的书。"这"垫底的书"我理解就是指名著，就是指经典。经典就是最好的书，是一个民族最有价值的著作。什么叫"经"？经就是恒常。什么叫"典"？典就是模范。可以这样来理解，经典就是"恒久的模范"。这样的书该不该读？肯定要读！每门学科都有自己的经典，没有几本经典垫底，我们做学问就底气不足。

　　教育的学问，说来是个大学问，但就其本质而言都是些朴素的道理，就像大家平时讲的家常话。譬如，要有爱心，言传身教，教学相长，有教无类等。之所以说教育是个大学问，就在于教育是关涉人心与人性的，《礼记》云："建国君民，教学为先"，说的就是这个理。

　　大道理必然有大学问，而大学问大多是一些古老的智慧，教育的学问更是如此。所以，教育的大学问、大道理、大智慧存在于经典之中。时间可以打败许多东西，唯一不能打败的就是经典。正像法国作家英洛亚说的那样："要相信前人的选择。一个人兴许看错，一代人也许看错，而整个人类不会看错"。经典是经过许多人许多年大浪淘沙后留下来的，经历了岁月与社会检验，是人们公认的常识。能称为经典的著作都有相通之处，那就是对人与人类社会的"理性态度"和"终极关怀"。这些作品不约而同地在思考：人，究竟要怎样才能幸福；社会，究竟要怎样才能和谐。毫无疑问，正因有了这些思考，各民族才有了各自灿烂的文化与文明。

"雄剑挂壁，时时龙鸣。"我们阅读经典，就是跟随大师的脚步去修炼内功，在短暂的当下，可能无法显现神威，可是在不久的将来，终将带来益处。大家看过《天龙八部》，里面的虚竹在得到逍遥派掌门无崖子的全部内功后，开始亦无甚作为还被人欺负，可是在时间的催化下，他的内功与各家武学融会贯通，终成一代宗师。虚竹的经历从一个侧面告诉我们一个道理：经典与时间同行，阅读经典成就非凡。

读经典真的管用吗？当然管用。教育名著蕴含的思想博大精深，犹如一口淘不完的"井"，是一座掘不尽的"矿"。打开一部名著就仿佛在与一位智者交谈，其智慧往往在我们的阅读过程中不知不觉沁入心扉。教育经典著作思考的问题，仍然是我们现在要回答的问题。比方说，什么是教育，什么是人生，什么是幸福，什么是智慧，这些问题尽管前人做过无数次回答，但在今天每个人碰到这些问题，依然会思考。于是，当我们在为这些问题困惑时，就会想起那些前人，想起那些经典，这不，我们就从阅读经典中获得了智慧。正如易中天先生说：读孔得仁，读孟得义，读老得智，读庄得慧，读墨得力行，读韩得直面，读荀得自强。

名著是不朽的，常读常新，常悟常进。初读有初读的味道，再读有再读的感悟，精读有精读的体会。现在，不少人揣着"把耽误的时间抢回来"的迫切心情，随意急风暴雨般地推行教育改革。无需多言，社会在变，教育也应在发展中变化，但终归有一些东西是亘古不变的。如孔子提倡的"学而不厌，诲人不倦"，也许当下教育更少不了。又如教育内容的选择，不管怎样变化，历史和文学这两根教育的支柱不应移动。这些都可在经典中寻找到源头。翻开《学记》《师说》《大学》，读一句有一句的幸福，读千句有千句的收获。经典里头的一句句文字，就像一场场春雨，滋润着我们干渴的生命。

我说教育的道理，往往是一些古老的智慧，并不是希望大家在具体的教育实践活动中"言必称尧舜"或"言必称希腊"，而在于我们谋划教育推进改革时，多一些历史意识，少一些凭空想象。教育对人的伤害，迟早会显现出来，时间越久远，越难纠正。错误的教育比没有教育更可怕，它会长期潜伏并起作用，一点点地腐蚀人的灵魂，一点点地毒化社会风气。教育精神被腐蚀，教育生态被污染，后果比天灾更可怕。古老的智慧不是靠简单的诵记就可得其真传，也不是逐风掠影就能心领神会的，它需要"虚心涵泳，切己体察"，且"后觉者必效先觉者之所行"，千转百回，百回千转，反复咀嚼，再三琢磨，不断玩味，学之、问之、思之、辨之、信之、行之，方能从微言中知晓其大义。

教育的道理大多是一些古老的智慧，那么，我们读经典悟原理最该有的态度就是"守正创新"。什么是"正"？正者，大道也。守正，就是要恪守正道，牢牢把握住事物的本质与基础，守护那些永恒的真理、古老的智慧、不变的常识。对于商人，诚信是正；对于农民，勤劳是正；对于党员，为人民服务是正；对于教师，教书育人是正。守住了"正"，根基才不会弱，方向才不会偏，力量才不会散。如果不能"守正"，"创新"也就缺乏了根基，"创新"是为"守正"服务。

对于我们来说，每位教育工作者能够意识到教育的道理都是些大学问、朴素的道理、家常话，大多是一些古老的智慧，但仅明白这些还远远不够，艰巨的任务还在后头。理解是开始，行动是后续，难做的是如何把其转化为每个教师的信念和行为。这不是三五天，也不是一年半载，就能大功告成。但有一点可增加我们的信心，那就是我们的言说会更加审慎，更加切合实际，这是阅读经典能够带来的头一件好事。正因如此，我们才更应该好好地坐下来，穷物理、守静笃、远奢华，打磨经典，把冷板凳坐热，正心明道，怀德自重，力破"心中贼"，用经典的力量寻找自己的路。

大学有味是清欢

暮色降临，华灯初上，一盏盏路灯在校园的夜空发出温暖的光。路边的白玉兰含苞待放，巨大的树冠上缀满了洁白无瑕的花朵，像一只只白蝴蝶展翅欲飞。独自一人在校园幽静的小道上漫步，一股清香钻进鼻子里，这是春姑娘的气息，给人一份恬淡、一份怡然，感到生活真好。于我而言，大学生活已成为融入我血脉中不能忘记的深情。

在县市教育行政机关工作近二十年后，组织安排我到学校任职。我对大学生活的体验，渐渐地丰富和深刻。而今，当那些旧交面临晚辈升学填报志愿的问题时，或者大学毕业选择工作岗位时征求我的意见，我便会很真诚地向他们详述大学和师范类院校的种种好处。一个感觉：大学真好！

到了大学里，你有的是时间去尽情欣赏帕瓦罗蒂、多明戈、卡雷拉斯的嗓音，品味蔡元培、竺可桢的教育情怀，进入卡西尔、苏霍姆林斯基的理论大厦；你还有时间，去感受唐诗宋词的气象和《红楼梦》的情痴世界；

你还有的是时间，既可去创作"通古今之变，成一家之言"的学术著作，又可以写些"暗香浮动奇思涌发"的闲文随笔。你在大学里，可以将自己的才华与情思淋漓尽致地展现出来，而这最需要的是心宁意定。

以局外人的眼光来看，大学生活是狭窄的。你千万不要为此而沮丧，你是骄傲的。因为你的陋室"谈笑有鸿儒，往来无白丁"；你领略的意趣是"书中乾坤大，笔下天地宽"；你看到的是生龙活虎的大学生，"恰同学少年，风华正茂；书生意气，挥斥方遒"。这是多么自豪的事情啊，孟子云：得天下英才而教育之，是君子的第三大快乐。孟子三乐之说，的确很为教师长脸。

韩愈在《师说》中指出："士大夫之族，曰师曰弟子云者，则群聚而笑之。""群聚而笑"为师之人，历代有之。"乐以忘忧，不知老之将至"，这句话是孔子的自铭，他告诉世人，教师这个职业最能体现助人成长又利己成长。在众多职业中，它是"小我"与"大我"最易相统一的。你看，每一堂课，我们的老师都可以酣畅地与学生讨论，传授知识，导引学生学习、锤炼品格，让年轻的心灵进行一种浸润哲理与情趣的精神漫游，从而在振奋别人的同时振奋着自己。"教，然后知困""知困，然后能自强也"，教学相长是每位教师幸福工作的强大动力。

在大学，你既可以高朋满座，又能践行"君子之交淡于水"的人生信条；你也可以"躲进小楼成一统"，遨游书山学海；你尽可以把内心的激昂、收获的快慰、莫名的忧伤、失意的烦恼统统化作歌声，呼朋唤友且为乐，会须一饮三百杯。也许，你可能与众不同，周围人却不会对你有太多的指指点点。在这里，没那么多的人生羁绊。作为大学教师，你尽可以个性张扬、纯正品格、澄澈心境，因为大学是人世间一方乐土，此中滋味是清欢。

清欢者，清淡的欢愉也，不是大欢，也不是狂欢，更不是贪欢。元丰七年十一月二十四日，苏轼接受泗州刘倩叔的邀请，与他一起到郊外去玩，在南山喝了浮着雪沫乳花的小酒，配着春天山野里长出来的蓼茸、茼蒿、新笋，以及野菜的嫩芽，听着林间鸟鸣的声音，东坡先生情不自禁地赞叹："细雨斜风作晓寒，淡烟疏柳媚晴滩。入淮清洛渐漫漫。雪沫乳花浮午盏。蓼茸蒿笋试春盘。人间有味是清欢。"人间有滋味的事情很多，而试吃野菜这种平凡的清欢让人更觉有味，因为这种清淡的欢愉不是来自别处，正是来自对生活的无求，不讲究物质条件，只讲究心灵品位。可是，如今的人要找清欢竟是一日比一日更困难了。

我每天都尽力挤出时间，沿着校园小道漫步一圈。清风徐徐，在书山公园的凉亭里，坐在木椅上，背倚着清丽典雅的美人靠，看着正在生长的校园，澄清而安静，让人遐思不尽，心有所寄。山道石阶的两旁，杂乱地长着一些小花，我一路走，顺手拈下一朵熟透的小红花，闻闻则清香扑鼻，拈花一笑，心里遂有一种只有春天才会有的欢愉。"山中何所有，岭上多白云。只可自怡悦，不堪持赠君。"那轻轻淡淡、缥缥缈缈的白云，我如何才能持赠予你？如果再给我一次机会，我愿再一次选择站在大学讲坛上，因为这里可以真切地感受到精神的自由与高洁，同时感受到生活的明丽与清新。人间存一角，大学很好玩，有味在清欢！

左右清风来

在正月的最后一天，不少地方会举行一定的仪式，算是对春节的告别，亦是图个喜庆。每个农历月的最后一天，也就是初一新月的前一天，月亮跟随太阳一同升落，晚上就看不到月光，因而天地晦暗，故称为"晦日"。正月晦日，是一年中的第一个晦日，所以叫作"初晦"。古诗《晦日送穷》就把唐朝时的习俗记了下来："年年到此日，沥酒拜街中。万户千门看，无人不送穷。"韩愈指出，智穷、学穷、文穷、命穷、交穷，凡此五鬼，为人五患。于是，正月尽，二月来，初晦日送穷成了一个老习俗。

壬寅年正月三十，文联的老主席邀约旧日文友小聚，请我坐他的右手位置。序齿排班，我以此为由婉谢他的好意。老主席非常有趣，他说："不把你安排好，待会我不方便敬酒，左右举杯，大家喝个痛快。"他关于"左右举杯"的话语，让我想起了"左右"这个题目。

古人以右为尊以左为卑。你去翻看史书，就会发现古时对高级职位称右职，崇尚武功称右武，崇尚文治称右文，豪门大族称右族，皇帝的贵戚称右戚，太学称右学。而官员被贬称左迁、左降、左转，白居易在《琵琶行》开篇就言"元和十年，予左迁九江郡司马"；低于中央政权的官称左官；称差错、错误为左计，范成大在《秋日》诗中就说"无事闭门非左计，饶渠履齿上青苔"；不顺、不和，称相左；不正派的学术流派或宗教团体别称旁门左道；左，还有不帮助、反对及不便的意思，《左传》就说："天子所右，寡君亦右之；所左，亦左之"，并言"人有左右，右便而左不便，故以所助者为右，不助者为左"。的确，"右便而左不便"成了众人的习惯，我们的右手比左手辛苦，少数习惯用左手的人在饭桌上那真的是"左不便"了。

在经济领域和政治运动中，左也有风光的时候，有个成语叫"稳操左券"，源自《史记·田敬仲完世家》。古代契约分左右两券，双方各执一券，左券由债权人收执，用作索偿的凭证。持左券者掌握了主动权，故说"稳操左券"。

在现代礼仪中依然讲究左右。以会议主席台座次安排为例，领导为单数时，主要领导居中，2号领导在1号领导左手位置，3号领导在1号领导右手位置；若领导为偶数，1、2号领导同时居中，2号领导依然在1号领导左手位置，3号领导依然在1号领导右手位置。若以中餐宴请客人，一般主人在面对房门的位置，1号客人在主人的右手，2号客人在主人的左手，其他可以随意。

经过历史检验，左和右在我们的生活中很多时候是中性的，把握好了极有利于社会和谐。如成语左右逢源、左右开弓、左邻右舍、左思右想、左顾右盼、左图右书、左史右经等等，无尊卑上下之分。左、右本是最平常的词语，它针对中间而言。驾车的人很有体会，为了不让车跑偏，会把手中的方向盘时而向左时而向右微调，以保持正确的方向。人们认识事物也常有偏差，重要的是学会把握正确的方向。学会坚守"结庐若耶里，左右若耶水"的格局，珍惜"美人醉灯下，左右流横波"的情愫，乐享"清源君子居，左右尽图书"的富有，不忘"三吴明太守，左右皆儒哲"的追求，常怀"闲居清风亭，左右清风来"的从容自在。

　　小聚会散场了，大家尽兴而归。在回家的路上，我举头望天，夜色朦胧，虽没有月落波心但我心中已有明月清风。失去了明月清风，那才是最可悲的。我愿做一个在热闹中得到清凉的人。

愿君与我共读一本书

清代嘉庆年间，礼部尚书姚文田的书房里题写着一副对联："世间数百年旧家无非积德，天下第一等好事还是读书。"为什么说读书是天下第一的好事？清代诗人萧抡谓从个人修养的角度阐述："人心如良苗，得养乃滋长；苗以泉水灌，心以理义养。一日不读书，胸臆无佳想。一月不读书，耳目失精爽。"一个人长期不读书，如同瞎子、聋子，对于整个人类来讲，若是如此，又将怎样？季羡林老先生说：人类向前发展，有如接力赛跑，第一代人跑第一棒；第二代人接过棒来，跑第二棒，以至第三棒、第四棒，永远跑下去，永无穷尽，这样智慧的传承也永无穷尽。这样的传承靠的主要就是书，书是事关人类智慧传承的大事，这样一来，读书不是"天下第一好事"又是什么呢？

说起读书，我们都会有一段和别人共读的记忆。第一个与我共读一本书的人是奶奶。那时，我还没有上学，当然也还不认识字。那年，奶奶带我去走亲戚，当民办教师的表哥给了我一本小人书，我满怀高兴，如获至宝。

可我只能凭图画去理解故事，什么兔子拔萝卜啦，老鹰
捉小鸡啦，懵懵懂懂，一知半解，终有许多想不明白的
地方。母亲时常在田地里忙着干农活，我便缠着奶奶，
问她小人书上的故事。

奶奶用她那双枯瘦如柴的手与我一同翻着小人书，
口中依依哦哦地讲着老妖精的故事。我用好奇的眼神望
着奶奶，听得津津有味。有时，听着听着，迷迷糊糊，
也就睡着了。一觉醒来，发现奶奶还在旁边，我就央求
奶奶再讲小人书上的故事。"从前……"奶奶就以这样的
两个字开头，于是我跟着奶奶走进那些过去的事情。

进学堂发蒙后，我才知道，原来奶奶根本不认识
字，她给我讲的小人书故事全凭她对那些图画的理解
拼凑出来。每每想起一老一小两个不认识字的人如此
着迷地看书，我不禁会心一笑，几多温馨又涌上心头，
历久难忘。

上了小学，最有趣的是在课间十分钟，和同桌同学
共读一本书。有时是老师推荐的名著，有时是流行的小
人书，有时是刚出版的《笑话大王》。俩人阅读的速度若
同步是最好的，如果一人读得快又急着想知道后面的内
容，便会掀开书页歪着头看了下去，往往此时会有争执
发生，甚至动起手来。这样的摩擦并不影响对故事的好
奇，等到上课铃响，读得慢的那个总不忘对另一个说："下
课后接着看！"

到了中学，共读一本书的不仅有同桌和班上的其他

同学，还有老师，此中味道，鲁迅先生在《从百草园到三味书屋》里有精彩描述：

"于是大家放开喉咙读一阵书，真是人声鼎沸……先生自己也念书。后来，我们的声音便低下去，静下去了，只有他还大声朗读着……金叵罗，颠倒淋漓噫，千杯未醉嗬……我疑心这是极好的文章，因为读到这里，他总是微笑起来，而且将头仰起，摇着，向后面拗过去，拗过去。"这幅"读书图"，实在有趣极了。老夫子那声音，那表情，那动作，把一个读书入神的可爱老师永远留在我们鲜活的记忆里。

上师范求学，我开始钻入《红楼梦》里的大观园。大观园有青春的回归，有读书的回忆，有人情冷暖的回望。在这里，有《红楼梦》中一个最经典、最浪漫、最唯美的画面，那就是宝黛共读《西厢记》。

溪水边，桃花底下，一块山石上。你看，这环境多么宜人。宝玉就坐在这块石上，正看到"落红成阵"，只见一阵风过，把树头上桃花吹下一大半来，落得满身满地皆是。这个小男孩不知怎么办了，宝玉想要抖落下来，又担心脚一动把它踩坏了，只好用衣襟把花瓣接着兜在怀里，不知道如何是好。这个小男孩连花瓣都不忍踩踏，他对生命有了自己的理解与爱惜。这也是宝黛共读《西厢记》中最打动人之处。"黛玉把花具且都放下，接书来瞧，从头看去，越看越爱看，不到一顿饭工夫，将十六出俱已看完。"看完后，黛玉"自觉辞藻警人，余香满口。

虽看完了书，却只管出神，心内还默默记诵。"她在领略这其中的趣味，"原来姹紫嫣红开遍，似这般都付与断井颓垣"。人生一世，谁能伴你共读西厢？"每个人都很孤独。在我们的一生中，遇到爱，遇到性，都不稀罕，稀罕的是遇到了解。"宝黛共读西厢，正是宝黛二人在价值观上的高度契合。可以这么说，一本书开启了灵魂伴侣的寻爱之旅，宝黛共读西厢，各自在性灵上收到了来自另一半的共鸣。

不管怎样，回想那些共读一本书的日子总是愉快而欢悦的，让人觉得心里有一份轻盈的期许与相盼。那些与我共读的人，不但与我共读了许多泛着墨香的书，更和我共读了一本透着肉香的书，这本书叫青春。

参加工作后，相当长的时光里，我的读书空间大多是单枪匹马，独自天马行空。直到女儿降临，上帝为我遣来共读天使。那一天，上小学的女儿跑到我身旁，手拿一张班主任老师发的读书清单，扬起稚嫩的脸："爸爸，我们一起读《一件小事》吧！"这是鲁迅先生的作品，我当年上学时曾选为语文教材必读篇目，满身灰尘的车夫给我留下深刻印象。那件小事，虽小，但一辈子忘不了。正如鲁迅先生所言："他对于我，渐渐地又几乎变成一种威压，甚至于要榨出皮袍下面藏着的'小'来。"此时，听到女儿这共读的邀请，我心里的一颗种子发芽了。我们一遍遍地读着那篇文章，女儿把她的读后感写下来交给我，我也把自己的读后感写下来给女儿，俩人共读共叙后，再由她把我俩的读后感合成一篇文章。父女共读《一件小事》，引发我们思考：一件事多小才算小，一件事多大才算大？鲁迅先生通过这件看起来微不足道的事，告诉我们，打动人心的正是这善意之下的善意之举，普通人也有在别人心目中高大的时候。读着读着，我感觉那些美好的往事又复活了。"独有这一件小事，却总是浮在我眼前，有时反更分明……并增长我的勇气和希望。"事隔许多年，女儿常对人提起这段共读时光。

共读一本书，共享好时光。共读是一种生活，一种极大地丰富我们生命体验的生活，一种可以放飞美好理想的生活；共读是一种力量，一种强壮精神的力量，一种滋润心灵的力量；共读是一种相约，一种快乐成长的约会，一种幸福人生的约会。

今年是我参加工作三十年，时间过得很快哟。从机关到高校工作转眼十年又过去了。在学校图书馆里，我邂逅了一本童年极爱的书籍，下意识地对身边的人说："这本书好看，一起看？"话音刚落，我心寂寞，已经很久不曾与人共读一本书了。随着物质的丰盈和信息的爆炸，我们小时候全班人传阅一本书的时代不知何时偷偷远去。读书，变得更加多元，更加自由，更加私密。身边人笑了笑，对我说："一起看多麻烦呀！""是啊！"我喃喃自语。时代变了，我依然保持阅读的习惯，只是再无人与我共读一本书了。

　　惊蛰刚过，春雨绵绵，人生旅途中，我们曾对天而问："何当共剪西窗烛"？如今高铁打造了许多"一小时生活圈"，思念已不再遥远，连"却话巴山夜雨时"这样的场景亦被视频通话替代了。科技发达了，手段先进了，我在心底不停地问自己：何当共读《西厢记》？什么时候会有人再与我共读一本书呢？

四大名著的活动场景与生命意义

　　四大名著，早已约定俗成，通指《三国演义》《西游记》《水浒传》及《红楼梦》四部中国古典章回体小说。我这里说的"活动场景"和"生命意义"听起来似乎有点深奥，其实是一个常识性的讲法。我们每个人，每天都会在不同的场景活动，有卧室、有教室，还有各自的办公室。这些不同的活动场景，都是每个人的生活空间。一定的空间、时间和人间，都显示了每个人的不一样，即我们生活与生命之间的不同，因而，生活本身成为每个人生命的意义。

　　生活的前提是人的生存，这样的关系在文学作品中也是成立的。我们要研讨的四大名著，它们的活动场景，大多没有受限于家庭这么一个空间，或者说这些作品在家庭之外写了一些不一样的空间，呈现了不同于常人的生活。

　　接下来，我们就对这个情形做一个大致梳理，希望能有会心一笑的体验。四大名著有一个共同点，都采用"定场诗"来总领全篇。什么叫定场诗？这是一个曲艺术语，属于中华诗词宝库里一个很特别的小门类。相声、评书等的曲艺演员在演出节目前，往往先念诵四句或八句诗，诗句诙谐幽默，极易吊起观众的胃口，这样就很快稳住了局面定住了场，故称为定场诗。

《三国演义》开篇的"定场诗"叫《临江仙·滚滚长江东逝水》，出自杨慎之手。"滚滚长江东逝水，浪花淘尽英雄。是非成败转头空。青山依旧在，几度夕阳红。白发渔樵江渚上，惯看秋月春风。一壶浊酒喜相逢。古今多少事，都付笑谈中。"这个定场诗给我们一个历史观：曾经的英雄，不管多么轰轰烈烈，最终都是"空"的。能留下来的是什么？青山和夕阳。英雄真的远去了吗？没有！他们在我们的"笑谈"中，仍然生活在我们的心目中，还活在当下。

《三国演义》所写的活动场景，主要是朝廷和战场。前一个集中在曹操、孙权和刘备办公的地方，很多决策是在这里拍板的。而战场呢，是那些将军跃马横刀的场所，关羽、张飞、黄盖、吕布、文丑、甘宁，他们建功立业的地方无不是战场。能把控朝廷的是什么人？有谋略的人。曹操、孙权、刘备，自不用说，他们都能领着别人去干大事。还有诸葛亮、周瑜、司马懿，他们能够给别人出主意干成大事。能驰骋战场的又是什么人？是勇武的人。你看，关云长千里走单骑，张翼德长坂坡吓退百万曹军，黄盖上演苦肉计，讲的都是战场上的事。

朝廷和战场作为特殊的活动场景，似乎专为男人准备。《三国演义》很少正面写儿女情长，写了一个美女貂蝉，也是为了帮助司徒王允实施连环计。中国几千年的文明史伴随着战争史一路走了过来，文明的基因烙上了野蛮生长的痕迹。刘皇叔怒摔阿斗，忠与义高于父子情。曹阿瞒欣置铜雀台，愿得江东二乔的真实意图天下皆知。孙尚香嫁蜀，亦非为了爱情，地球人都知道啊，是为孙刘联盟。这些，都不是风花雪月，留给后人的更多是历史的风雪，成了人世间代代相传的笑谈。

在朝廷，在战场，男儿当自强，敢拼才会赢。三顾茅庐，六出祁山，七擒孟获……《三国演义》写了一个大时代，玩的是心计，斗智斗勇，从贫贱到富贵经历的是治国、兴国、安国、丧国。一群赤胆忠诚、叱咤风云的英雄，在历史的天空演绎了个人命运和特定时代的跌宕起伏，他们鲜活强悍的性格和人格光芒照亮了赤壁的夜空。"兴亡谁人定，盛衰岂无凭"谁定？"眼前飞扬着一个个鲜活的面容""岁月啊，你带不走那一串串熟悉的姓名"。凭啥？"聚散皆是缘，离合总关情""担当生前事，何计身后评"。风吹云散，变幻了时空，"暗淡了刀光剑影，远去了鼓角争鸣""湮没了黄尘古道，荒芜了烽火边城"。《三国演义》从循环论的观点，表现了"天下大势，分久必合，合久必分"的一种永无止境的历史过程。这种分合循环的历史宿命观构成一种强烈的道德信号：历史的天空闪烁几颗星，人间一股英雄气在驰骋纵横。一个有希望的民族不能没有英雄，崇尚英雄才会产生英雄。

　　如果说《三国演义》写的是历史兴亡，那么《水浒传》写的是社会动乱。因而，《水浒传》的活动场景是江湖，跑江湖的是豪侠。《水浒传》又称《江湖豪侠传》，顾名思义是讲述一帮绿林豪杰行侠仗义的故事。《水浒传》也有定场诗，开口就说"试看书林隐处，几多俊逸儒流"，一个"隐"字，一个"儒"字，怎么也不会让人同"造反"这两个字想到一块去。"虚名薄利不关愁，裁冰及剪雪，谈笑看吴钩。"我怎么会为"虚名薄利"而发愁呢，我志存高远，谈笑间指点江山。更得意的是点评历史，"评议前王并后帝，分真伪，占据中州，七雄绕绕乱春秋。"一个"乱"字，真正可以理直气壮地说"粪土王侯"。"兴亡如脆柳，身世类虚舟。见成名无数，图名无数，更有那逃名无数。"是非成败转头空，人的身世同虚舟一样飘摇，谁又能逃得过？"雾时新月下长川，江湖变桑田古路。讶求鱼缘木，拟穷猿择木，又恐是伤弓曲木。"这里连用三个典故，"求鱼缘木""穷猿择木""伤弓曲木"，隐含了《水浒传》讲由魔变神的三个故事：群魔乱世、改邪归正、荣升天神，即大家熟悉的"官逼民反""替天行道"和"忠义之烈"。闯荡江湖，最终感慨"不如且覆掌中杯，再听取新声曲度。"

　　放下掌中杯，一般人都做得到，然而要放下名和利，一般人都做不到。什么人能做到呢？豪侠。《水浒传》

中的豪侠，如鲁智深、武松、李逵，都做到了。在江湖这个空间里，相对朝廷和战场而言，这些豪侠都不在体制内，没有固定职业，摆脱了体制和家庭的约束，最了不起的是他们体力超常。鲁智深倒拔垂杨柳，武松空拳打死白额虎，黑旋风沂岭怒杀四虎，都表现出巨无霸的力量。这也从侧面说明一个真相，闯江湖靠的是拳头。

《水浒传》里头真正的豪侠，都不结婚。鲁智深、武松、李逵就是这样的。为什么这样呢？因为成了家，就有一种束缚，也就没有游走江湖的自由。你看，林冲就是一个典型。他为什么在高衙内面前忍气吞声？他的饭碗端在高衙内手上。林冲是八十万禁军教头，属体制内的人，在高衙内的养父高俅手下拿工资，所以他没有胆量去揍高衙内。另一个原因是，林冲成了家，得顾及家庭的安危。从这个角度来说，林冲算不上豪侠。李逵就比林冲活得快活，快人快语，率真无邪，他挂在嘴边的口头禅："俺铁牛""打什么鸟紧"，说明他骨子里不虚伪，只认一个理：该出手时就出手。他一辈子只打过别人，没被别人打过；一辈子只骂过别人，没被别人骂过；一辈子只让别人受气，没受过别人的气。用这个标准来衡量，豪侠真正的风范就是不受人的气，也看不得别人受气。李逵如此，武松如此，鲁智深如此，石秀如此，是真豪侠。在《水浒传》的所有豪侠里，数李逵最讲政治，对宋江最忠诚。人生在世，能够拥有一帮视死如归，为

肩上有风

朋友两肋插刀的兄弟，死也值了。这正是市井之人追求的美好生活图景，也是《水浒传》引发世人思考的问题，当你步入政治的旋涡中，如何去接受道德的考验，正如宋江面对招安，新生活开始了，新生命却在"新声曲度"中夭亡了。

接下来，我们说说四大名著中的第三部作品《西游记》。

前两部作品的活动场景，主要在朝廷，在战场，在江湖，对平凡人而言，这些都是特定的也是特殊的场景。《西游记》讲的是唐僧师徒四人，历经 14 年，你挑着担，我牵着马，风雨兼程去西天取经路上的故事。其提供的活动场景主要是：在路上。

一路走来，收获了什么？我们来看《西游记》的定场诗。开头一句"混沌未分天地乱，茫茫渺渺无人见。"因为"混沌"，所以"茫茫渺渺"。如是，"自从盘古破鸿蒙，开辟从兹清浊辨。"盘古打破了混沌，从那一刻起，清气上升成为天，浊气下凝成为地，天地分明了，随着就有万物了。"覆载群生仰至仁，发明万物皆成善。"一个"仁"，一个"善"，支撑起了人世间。"欲知造化会元功，须看西游释厄传。"佛教说，三十年为一世，十二世为一运，三十运为一会。依十二地支排列，因而有十二会。一元结束后，接着一元的开始，宇宙中又开创新天地，故有"一元复始，万象更新"之说。如果，以年计算，一会等于一万零八百年。你要明白"会元功"，那就先看看《西游记》，它会告诉你战胜"厄"运成人成材的真谛。

《西游记》通过唐僧西天取经讲了一群人为事业奋斗的过程，记录了孙悟空的出生、成长、奋斗与成功，揭示了一个人追求自由、追求平等、追求成功的生命意义。

孙悟空是从石头里蹦出来的，他跟人不一样，没有父母、兄弟、姐妹，也就全无血缘相连的社会关系网。因而，孙悟空是"自在"的，想干什么就干什么。我们每一个人都是"不自在"的，自从来到这个世界，都无可奈何地坠入一种复杂的人际关系网，想干什么不想干什么，不能任性，均受家庭、家族、宗族式的社会结构约束着。孙悟空的经历，告诉后人：成人不自在，自在不成人。

人之所以成人，重在修身养性，懂得行善施仁。《西游记》通过讲儒、佛、道三家，写了唐僧师徒历经九九八十一难，克服三种毛病之后，方能取得真经。首先要学会放下身段。你看，孙悟空犯下的许多过错，几乎皆与心高气傲这个缺点有关。一开始，石猴生活在花果山，突然有一天他发现自己生存的空间太小了，所以就去寻仙问道，一个筋斗十万八千里，翻出了一片新天地。可是，新的问题又来了，当他看到老猴子一个个死去，想到自己迟早也会死去，于是跑到阎王那里把自己的名字从生死簿中勾掉。此时的猴子，在空间上自由了，在时间上也自由了，但上了天庭，他发现自己无"名"，"弼马温"只是个未入流的官职，于是大闹天宫，自封个"齐天大圣"，对精神自由有了标签式的追求。他甚至提出"皇帝轮流做，明年到我家"的口号。所以，观音菩萨为他写了这样的评语："堪叹妖猴不奉公，当年狂妄逞英雄。欺心搅乱蟠桃会，大胆私行兜率宫。"句句一针见血，"不奉公""狂妄""欺心搅乱""大胆私行"，给个结论就是，心高气傲、不知天高地厚。于是，观音老母给他戴上紧箍儿。即便这样，他亦总是自称"老孙"，在师父面前如此，在玉皇大帝面前如此，在如来佛祖面前也是如此，口口声声"俺老孙"。论年纪，论资历，论本事，你比谁老？怎么也老不过如来佛祖和玉皇大帝。可见，其心有多高气有多傲，既无前人又无来者。他这个毛病什么时候没有了呢？成佛以后。

西天取经，修成正果，勤奋不可缺少。"自在"和"成人"是两难选择。任何社会中都会有人懒惰，希望不劳而获。当然，在我们身边也有人勤奋一辈子，最终却未能干出一番大事业，但是，绝没有一个干出大事的人，他是不勤奋的。幸福都是奋斗出来的。唐僧师徒中，八戒给人的印象是不勤奋的。第三十二回，师父派八戒去巡山，他明知山里有妖精，却在路上美美地睡了一觉。好在，有人逼着八戒勤奋，不然他这一辈子也就没指望了。不能偷懒，一步一步走到西天去，这是一种人生的命题。谁的人生不是一步步走过来的？走过来，既是一个目的，又是一个过程。

能走过来的人都有一个法宝。什么法宝？定海神针，即必须经得起诱惑。享乐的欲望，每个人都有。酒、色、财、食，是唐僧师徒取经路上最常遇到的诱惑。唐僧被捉，大多是在孙悟空替他去化斋的节点上。这表明，不仅酒色财有危险，吃也能出问题。为什么现在狠刹吃喝歪风，这是有道理的。唐僧师徒西天取经，一路上成功克服了心高气傲、懒惰和欲望这三个毛病，经历千难万险，百折不挠，最后达到了神圣的目标。人生如西游，陈洪教授有首小诗讲得好：人生如西游，路坎坷、魔怔多，云低雾浓，哪里可见佛？前行莫蹉跎，佛在心头坐。他日回首处，峰峦险，等闲过。所谓"人在旅途"，要不畏艰难地做一些勇敢的决定，善于在最倒霉的时候，充分肯定自己的努力。前方，妖怪在路上，困难在路上，真经在路上，成长在路上，一切都在自己掌握之中。

一切都在自己掌握之中——这种感觉真好！你若用心去读《红楼梦》，对此会有更深切的感悟。《红楼梦》的定场诗是解开《红楼梦》宝库的一把钥匙。"满纸荒唐言，一把辛酸泪！都云作者痴，谁解其中味！"寥寥数语，诱引阅读的人对生命产生一种极其强烈的体验。这种体验，集中体现在小说主人公贾宝玉的身上。一方面，他对自己的人生道路没有选择的权力；另一方面，他对自己的婚姻也没有选择的余地。这"两个选择"都不在自己手中掌握，注定宝玉的人生和婚姻是一场悲剧。

为什么会是这样呢？是不是中国传统社会都是如此？当然不是。中国古代也有青年男女自己决定婚姻的，只不过这种事例通常发生在平民家庭。而《红楼梦》写的是一个大家族，而且是历经百年的"钟鸣鼎食之家""翰墨诗书之族"。这就是赫赫扬扬的贾府。《红楼梦》的活动场景主要在贾府、在梦里。

《红楼梦》又叫《风月宝鉴》，写风月是这部作品的亮光。四大名著中，除《红楼梦》主旨为言情，另外三部作品都不谈风月。《红楼梦》起于梦，结于梦。据统计，曹雪芹在这本书中共写了 32 个梦。宝玉情是梦，贾瑞淫是梦，可卿家计长亲是梦，悲喜千般同幻渺，古今一梦尽荒唐。其中之味，尽在酸甜苦辣的精神盛宴中，他要通过梦幻创造一个崭新的灵魂。

宝玉"一落胎胞，嘴里便衔下一块五彩晶莹的玉来，上面还有许多字迹。"连见过世面的古董商冷子兴也觉得这是一件新奇异事。贾雨村听了也说："果然奇异。只怕这人来历不小。"更有后人写了二首《西江月》来评说宝玉"天下无能第一，古今不肖无双。寄言纨绔与膏粱，莫效此儿形状！"为什么会这样呢？因为他有着一种与生俱来的生命体验："无故寻愁觅恨，有时似傻如狂。"他七八岁时，对生命、对人生就有不同寻常的悟道参玄之力。他说："女儿是水作的骨肉，男人是泥作的骨肉。我见了女儿，我便清爽；见了男子，便觉浊臭逼人。""忽念及当日所有之女子，一一细考校去，觉其行止见识，皆出于我之上。"

可是，贾府和贾府之外的社会不容许贾宝玉这么干。整个荣国府的人，上至贾母、贾政、王夫人、贾元春，包括湘云、宝钗这些亲戚，还有一些下人，如袭人，大家都有一个共识，宝玉必须做官，一定要去考取功名。而宝玉呢，偏偏对此没有一点兴趣，讲做官是"入了国贼禄鬼之流"。于是，他选择了逃避，出家为僧。

宝玉随一僧一道而来，又随一僧一道而去。来去之间，"在那做梦的人的梦中，被梦见的人醒了。"云雨梦、相思梦、贵妃梦、仕途梦、婚姻梦……一代代的人就是这样朝着西方灵河远行，爬上彼岸的三生石畔，去做梦，去创造，重叠着宝玉、黛玉、宝钗、雨村、士隐、袭人、凤姐……无数人的影子。从某种意义上讲，生命从一开始就注定是一场失败的战斗，因为死亡总会夺去我们的生命。贾宝玉的存在，最大的好处是忠告我们：应当保留爱的能力，要让生活伴随着爱心向未来。他从爱的角度，回答人生之哀和家国之痛。实际上是告诉我们从什么眼光出发来看国民的人性觉醒。一部《红楼梦》，掩卷令人唏嘘。站在情根峰下，呀！好一似食尽鸟投林，终是落了片白茫茫大地真干净。

《三国演义》《水浒传》《西游记》和《红楼梦》这四部名著，给我们提供的活动场景、引发的生命意义，不仅有助于大家对中国传统人文、伦理、民俗、社会的理解，也有助于大家对人生、对生命、对生活的认识。它们的价值不可替代。四大名著为中国士大夫及后人勾画了一个精神坐标：上有庙堂之高，下有江湖之远；路漫漫，上下而求索；只要带着爱上路，一切都是有意义的！

《红楼梦》藏着曹雪芹的教育梦

《红楼梦》以梦为名，书里头大大小小的梦使这本书有了梦一般的神秘和朦胧，更使它沉淀了丰富的生活气息，散发出独特的文化芳香，成了耐人寻味的文学经典和教育宝典。

《红楼梦》是中国梦文化的一座高峰

中国历史上有许多关于梦的故事，如皇帝梦龙，求官者梦棺，文人梦笔……相传，黄帝手下有只神兽叫伯奇，黄帝叫它专干一个事，吞食噩梦，《后汉书·礼仪志》记有"伯奇食梦"的故事。道家《列子·黄帝》中也有黄帝梦游华胥国，后称"华胥梦"。儒家中，孔子也有一个很著名的梦，梦中频频出现周公旦。华胥梦的核心精神是无为而治，周公梦的理想是大同世界。这两个梦都关乎治国。从现在的书籍来看，黄帝做梦游华胥国，是神首次做梦，而且产生了一个专有名词——梦华。这个故事告诉我们，梦是神安排和管理的，按神的旨意，人们可以在梦中实现自己的愿望。《山海经·中次七经》说炎帝的女儿瑶姬，死后化为渚草，"服之媚于人"。什么意思？吃了渚草就可以为人所爱。"媚而服焉，则于梦期"，被人爱上以后又吃这种渚草，就可以和相念的人在梦中相会了。到了汉代，这个故事就成了怀梦草传说。

西周时期，周天子开始设有专门占梦的官员，为天子和诸侯占梦，渐成风俗。化风成俗，梦文化成了官员的特权。至此，中国古代梦文化走过了三个阶段。第一阶段，原始神话时代，人们认为梦被神控制。第二阶段，殷商传说时代，梦是人神互通的一种渠道。第三阶段，西周时期，占梦成俗，梦文学开始走向社会。

梦文化是中国文学史上的一朵奇葩。早在《诗经》中就有了梦熊虺蛇、鳣鱼旐旗的描写，以及"寤寐求之"相思梦的叙说。自此以后，历代文学作品及史料都喜欢以梦为题。流传甚广、影响较大的当数孔子的周公梦、列子的华胥梦、庄子的蝴蝶梦，佛经中更是阐述了108种梦境。儒、道、释是中国传统文化的根本，三教中所呈现的梦的谱系与文化成为中国文学中诸梦的重要源头。

宋玉写《高唐赋》，梦见一位美丽的神女自荐枕席，给后世留下云雨巫山的典故；庄周写《庄子·内篇》，梦中幻化为翩翩飞舞的蝴蝶，为后人营造了一种精神自由逍遥的境界；沈既济写《枕中记》，一入梦乡便享尽荣华富贵，告诫后人荣辱得失乃如梦一场；李公佐写《南柯太守传》，醉梦任太守，寓意世事无常，所有金钱、地位、荣誉也都只是一场空欢喜。还有罗含梦鸟，才华出众；

江淹梦笔，江郎才尽。南北朝有个叫江淹的文人，据说他少年时梦见有人送他一支五色笔，从此文思大进，其《恨赋》《别赋》在当时极受欢迎。后来，又弄得"江郎才尽"了，为什么？原来他又梦见递笔之人将五色笔要了回去。这些，都是通过梦来讲人生哲理的。从《诗经》开始，梦意象逐渐成为中国文学的一种创作自觉。从庄子到李白，从白居易到李煜，从苏东坡到李清照，从陆游到关汉卿，他们的作品都与梦紧密相连，他们用梦书写人世间的千愁万绪，悲欢离合。到了明清，梦文学大放异彩，经过汤显祖"临川四梦"的推波助澜，在曹雪芹手上《红楼梦》将梦文化发挥到了极致，成为中国文学史上的一座高峰。

《红楼梦》共写了 32 个梦，每一个梦都不相同，写梦之多，世所罕见。这些梦大致分为两种三类，即太虚幻梦与凡尘俗梦两种。若从其作用发挥分类，一类是预兆梦，主要对书中人物及家族命运进行预示；一类是心理梦，主要是书中人物所思所想所致；还有一类既可算是预言梦，又可算是心理梦，如可卿托梦与凤姐，还有元春托梦与贾母，皆属此类。

《红楼梦》以梦始，又以梦终，全书大梦套小梦。这些梦的写法不拘一格，各有千秋，但形成了一个完整的体系，为全书故事情节发展提供了方向。曹雪芹在《红楼梦》中既传承了庄子人生如梦的理论观点，又在此基础上进一步深化了人生的虚幻和缥缈，因此开篇即说，

《红楼梦》这一部书就是一场人生大梦。

从虚幻世界看，有太虚幻梦，主要是第一回"甄士隐梦幻识通灵"，第五回"宝玉梦游幻境"，以及第九十三回"甄宝玉入幻境"，第一百十六回"宝玉梦悟仙缘"。从现实世界看，有凡尘俗梦，主要包括六个方面。一是托梦：第十三回"可卿托梦凤姐"和"宝玉梦秦氏死"，第六十六回"湘莲梦见三姐"，第七十七回"宝玉梦别晴雯"，第八十六回"元妃托梦贾母"，第九十八回"宝玉梦寻黛玉"。二是思梦：第三十六回"宝玉梦吐真言"，第五十七回"宝玉梦中惊醒"，第八十二回"黛玉痴生噩梦"，第八十三回"宝玉梦中心疼"，第八十九回"黛玉得杯弓梦"，第九十八回"宝玉梦寻黛玉"。三是情梦：第三十四回"玉菡金钏入梦"，第五十六回"甄贾宝玉梦会"。四是诗梦：第四十八回"香菱梦中得诗"，第六十二回"湘云醉卧梦诗"。五是琐梦：第十二回"贾瑞梦淫而亡"，第十六回"秦钟梦鬼拘魂"，第二十四回"小红梦见贾芸"，第六十九回"二尤梦中相会"，第七十二回"凤姐夺锦之梦"，第百十七回"道婆梦见杀人"，第百二十回"袭人梦见宝玉"。六是简梦：第十九回"万儿因梦取名"，第三十回"袭人梦中作痛"，第五十一回"宝玉梦唤袭人"，第七十三回"丫鬟梦中撞壁"，第百零一回"李妈梦中惊醒"。在这个完整的梦体系中，讲宝玉读书或教育话题的有 10 个梦，专讲宝玉做的梦有 12 个。这些梦不是迷信，不是俗套，而是曹雪芹为自己"无材不堪入选"那段不甘心的经历的解释，以及没有承担起光宗耀祖的"补天"重任的安慰。

这32个梦又以太虚幻梦为主线，在表达"人各有命，富贵在天"的同时，警醒世人牢记"借教育的力量以期补天"的观念。曹雪芹是织梦、叙梦、写梦的高手，从这些梦中，我们可以更准确地体会到《红楼梦》深厚的文化底蕴，不仅能看到人物的命运、人物的内心世界，还能看到曹雪芹对人生的理性思考以及对命运的永恒追问，更能看到他这部巨作中蕴藏的教育学。马尔克斯说："我全部的人生，都被概括进了我的小说。"曹雪芹也应该是这样的，他对教育的全部理解，都写到了《红楼梦》里头。

《红楼梦》盛着曹雪芹的教育济世梦

以学术眼界，用教育眼光来读《红楼梦》，这部巨著从头到尾反映的全是教育问题，于是我便把《红楼梦》当作教育宝典来读，期望走进曹雪芹的教育世界，循着贾府书声，解码先生的教育梦，体味他寄托在大观园中的教育理想，以及通过重视教育来实现贾府再度兴盛的愿望。

构成贾府教育的一条主线是：宝玉懒于读书和贾政逼迫读书，贾府家塾教育和家庭教育贯穿始终。《红楼梦》还有三条辅线与主线纵横交错。一条是一僧一道和太虚幻境点化的隐辅线，一条是甄士隐与贾雨村见证并参与的衬辅线，一条是以袭人为代表的仆人及贾府众亲戚和清客劝导的软辅线。四书五经是贾府教育的传统教材，应试登科是贾府教育的终极目标。

《红楼梦》前五回好比一个人的头部，至关重要。第一回和第五回用太虚幻境，引出天下望族贾家的教育问题：非但无力培养出贾府急需的"补天"人才，反而造就了一代不如一代的败家子。甄士隐梦幻境，提出了"真"和"假""有"与"无"的哲学命题。曹雪芹通过石头与空空道人互问互答，在第一回就向世人询问：读什么样的书？"市井俗人喜看理治之书者甚少，爱看适趣闲文者特多。"什么是"理治之书"？"非伤时骂世"的、"非假拟妄称"的、"毫不干涉时世"的，这样的书是"理治之书"。这样的书应该"问世传奇"，但市井俗人喜看者甚少。他们爱看"适趣闲文"，就是"历代野史""风月笔墨""佳人才子"这样的书，也有"几首歪诗俗话，可以喷饭共酒"。在这里，曹雪芹为我们亮出了"生存品位与阅读质量"的话题。历经两百余年了，其仍有很强的现实意义和极强的针对性。贾宝玉梦幻境，第一个感觉是"这个去处有趣，我就在这里过一生，纵然失了家也愿意，强如天天被父母师傅打去呢。"曹雪芹在这里，表明了自己对当时通行教育方法的态度。棍棒教育不是好教育。因为打骂过度，惩戒不当，所以宝玉厌学，以至于经常逃学。后来真的"失了家也愿意"，出家当和尚了。我劝身边的"虎爸""狼妈"，正确选择对孩子的教育方式。错误教育对人的伤害，迟早会显现出来，时间越久远，越难纠正。小时埋下的恐惧，在心里一直挥之不去，长大后必将以十倍百倍的能量爆发。这一点宁荣二公早已看明白，他俩最担心的就是无人教育好宝玉，于是对警幻仙姑说："惟嫡孙宝玉一人，禀性乖张，生性怪谲，虽聪明灵慧，略可望成。无奈吾家运数合终，恐无人规引入正。""规引入正"就是好好教育、走上正路。第九十三回写甄宝玉梦幻境，一觉醒来，"他竟改了脾气了，好着时候的顽意儿一概都不要了，惟有念书为事。"曹雪芹叙说此梦，突出强调"惟有念书为事"，用后人的话说就是"世间数百年旧家无非积德，天下第一等好事还是读书。"万般皆下品，唯有读书高，"就有什么人来引诱他，他也全不动心"。这是幻境之悟，只有回归现实世界才能最终理解曹雪芹的教育之心。

《红楼梦》通篇都在讲教育，或明或暗，或隐或显，或轻或重，处处闪耀着教育的光芒。回到小说文本，我们梳理一下《红楼梦》前五回中关于教育的话题。姑且称之为"红楼成才五探"：

一探：成才条件。第一回至第五回，系统地提出教育的核心任务——人的培养。第一回，曹雪芹借"无材补天"进行深刻的教育反思，忏悔自己当初没有好好读书，"背父兄教育之恩，负师友规谈之德，以至今日一技无成、半生潦倒"。由"补天被弃方幻形入世"讲成才条件，发出"训有方，保不定日后作强梁"的沉痛感言！

借"通灵"之说，由"还泪之旅"而说感恩教育，由"好""了"而谈儿孙教育、品德教育。通灵即跟灵魂对话，互通信息，这是教育的一种极高境界。他认为，自己半生潦倒的原因，是没有"德技并修"，虚度了光阴。因为"被弃"，枉入红尘若许年。这种自责是复杂而深刻的人生感慨，又是对家族教育失败的切肤之痛。

二探：成才标准。第二回，曹雪芹通过贾雨村之口用"正邪两赋"从哲学的高度讨论"人"的分类与人才评价的标准。这两个问题，也是当下教育绕不开的事情。对照正邪两赋的观点，仁人君子为正派，大凶大恶为邪派，这两派在现实生活中只占少数，多数人为正邪两赋派，属于情派。所以，我们生活在人情社会，人与人之间那种不可名状的"情"，就像佛学里头所讲的"缘"一样，牵扯着每个人的言行举止。曹雪芹实际上是把《红楼梦》的世界划分成三个大本营。正派的总部在荣国府。在这里，正派压倒邪派，你看邢夫人、赵姨娘、贾环这些人是抬不起头的，就连贾赦这个世袭的侯爷因为太邪也只能远离荣禧堂住在那个阴森的黑油漆大门院内。同时，正派又压倒了情派，所以贾宝玉、王熙凤都受制于贾政、王夫人。邪派的总部在宁国府。你看，连贾府宗祠都被宁国府的邪气包围，焦大、秦业等正派人物受排挤。同样的，邪派也压倒了情派，出现了秦可卿、尤氏二姐妹受欺辱而死的一系列丑事。情派的总部在大观园。元春省亲为大观楼正殿题写"顾恩思义"四个大字做匾额，一个"义"字画龙点睛，点出了情派的灵魂。在大观园里，正派和邪派都很弱，主要是一些卑微的妇仆和婆子，因而大观园成了青春王国的乐园。这个乐园其实就是曹雪芹向往的一所理想学校。

三探：成才途径。在第三回，贾宝玉与林黛玉第一次见面，宝玉问的第一句话就是"妹妹可曾读书？"王熙凤见到林黛玉之后，问的第一句话也是"妹妹几岁了，可也上过学？"贾母待迎接黛玉的人都走了之后和黛玉正式谈心，首先问黛玉的仍然是"念何书？"曹雪芹通过贾府这三个主要人物第一次见到林黛玉都是首先询问读书这件事情，指出成才之路径，警醒世人须明白，读书和认字是两码事。可是，承载望子成龙这种期望的主要平台，也就是贾府家塾，早已成为顽皮儿孙贩卖丑态恶习的市场，他们来这念书上进早已成为欺瞒家长的幌子。如此情形，读书这条路还走得通吗？

四探：成才环境。第四回详解"护官符"，曹雪芹为我们出了一道思考题：如何营造成长环境。学习条件与成长环境往往决定人生的走向和家族命运。《红楼梦》里真正不愿读书的薛蟠必算一个。薛蟠随母进京，起初有一个诡计，"原不欲在贾宅居住者，但恐姨父管约拘禁，料必不自在的。"哪里想得到，他在贾府竟如鱼得水。住了不到一个月，贾府里的年青后生，一半已经混得熟透了。"凡是那些纨绔气习者，莫不喜与他来往，今日会酒，明日观花，甚至聚赌嫖娼，渐渐无所不至，引诱的薛蟠比当日更坏了十倍。"你看,曹雪芹用一个"引诱"来讲薛蟠掉进了一个大染缸。比护官符污染更甚的,是贾府这个大染缸。

五探:成才真谛。第五回是全书的关键部分。在这里,曹雪芹通过贾宝玉看到的《燃藜图》和旁边的对联:"世事洞明皆学问,人情练达即文章",来谈贾府家族教育的总纲。南怀瑾先生说:"实际上,这两句话,一个人一辈子的修养如果能够做到的话,就非常成功了。世事都很洞明,都看得很透彻,这是真学问;练达就是锻炼过,经验很多,所以对于人情世故通达,这是大文章。"诚然,能做到"世事洞明"的人恐怕极少,但处处留心,能做到"人情练达"的大有人在。这十四个字蕴藏着教育的真谛。

《红楼梦》是梦醒后对贾府书声的记忆

《红楼梦》的主题就是谈教育,谈宝玉读书与反读书,把宝玉的厌学与贾政们的焦虑作为一条主线来讲。读了《红楼梦》,我感觉曹雪芹在告诉后人贾府之败败在教育。谈宝玉读书,实际上就是在谈贾府的未来,是在谋划这个家族天大的事情。曹雪芹还原贾府教育的诸多现象,直接或间接地传达了当时贵族家庭教育的封闭、陈腐、没落的气息,同时又敏锐察悟到新思潮对教育动向与育人方式的影响。

推开贾府的门,透进教育的光。贾府教育的体系是既由贾母和贾政、贾珍这些"文"字辈、"玉"字辈的主子进行道德教化，又由家塾及外聘业师传道授业，还由庞大的奴仆队伍组成外围教育网络，比如赖大、林之孝这些管家专事日常督察教引，奶嬷嬷们时刻警醒提示，袭人及宝钗、湘云一干姐妹也不失时机加以劝勉，詹光、单聘仁这帮文士清客隔三岔五恭维凑趣进行诱导。这些规劝在贾府教育网络中起到了补漏作用。在贾府有一种教育方式叫"规劝"。在这里，我列出曹公所写"红楼育人十劝"：

一劝：板儿死也不肯出来作揖。第六回前部分讲"贾宝玉初试云雨情"，谈了青春期教育，警幻仙姑当了宝玉的性教育课老师。这一回后部分便是"刘姥姥一进荣国府"，曹雪芹以板儿受训从心理学角度来讲儿童期的教育。人的性情差不多是由童年决定的。诚实、善良与活泼并不取决于家境的富有或贫穷，更多地跟童年的快乐相关联。板儿从"无不应承"的高兴，到"死也不肯"的怕人，最后变成"不知问候"的胆怯，给我们今天的儿童教育留下生动案例。

二劝：为风流始读书。通过写宝玉规劝秦钟来讲两人结伴读书，用一个教育学上的词语"附学"来讲"同桌的你"，讲"同伴效应"，讲"同窗效应"。宝玉本来有专门的家教老师，根本不用去家塾跟族里那些顽童混在一起。他入学，是为了能和出身贫寒的秦钟结伴好玩，行江湖结拜兄弟之举。当然，这个意图须隐藏起来，于是堂而皇之以"读书一事，必须有一二知己为伴，时常大家讨论，才能进益"为借口。贾母自然高兴，满口答应，催促快办。曹公真了不起，让我们从这个现象的背后，看见秦业怵惧贾府上下一双富贵眼，东拼西凑二十四两贽见礼，带上秦钟恭恭敬敬拜见了贾代儒。

三劝：读书是终身大事。第八回以黛玉劝酒来映照宝钗劝学，前者有效而后者无功。在这里，宝钗质问宝玉："读的什么书，是不是越读越不清白了？"是啊，不清白，这可是大事情呀。第四十二回，宝钗再次亮出自己的读书观，"所以咱们女孩儿家不认得字的倒好。男人们读书不明理，尚且不如不读书的好，何况你我。"她还说："男人们读书明理，辅国治民，这便好了。只是如今并不听见有这样的人，读了书，倒更坏了。"宝钗小小年纪看问题不一般，她接着说"这是书误了他，可惜他也把书糟蹋了。"然而，宝玉对于这般絮叨，面子上只好挨着，心理厌烦得很！

四劝：不与咱们相干。第九回专门讲学校教育。如果说经济是贾府兴衰的催化剂，那么教育就是贾府败落的晴雨表。《红楼梦》通篇都在讲教育，前面讲了雨村老师，讲了李守中校长，现在用一个独立的大篇章来讲贾府的学校。讲老师、讲校长、讲学校，这"三讲"一起进行的，中国四大名著中只有《红楼梦》。曹雪芹在写贾府政治、经济出问题之前，巧妙地先讲贾府办学，即教育出了问题。然而，贾府的接班人贾兰却按住贾菌抓起的砚砖，极口劝道："好兄弟，不与咱们相干。"试问，闹学堂这事与谁相干？教与学二者的超大脱节，是贾府学堂闹事的内在原因。面对学堂内五花八门的人欲横流，贾府老师采用了敷衍塞责的态度。如此，顽童闹学堂，今日不闹，明天必闹。

五劝：不要介入孩子们的战争。第十回接着写闹学后的事，有一个闪光点，就是胡氏之劝。她劝儿子金荣不要再闹了，闹出事来回到家里我怎么养你，再要找这么一个地方，比登天还难呢！金寡妇不容易，她只有一个目的，告诉孩子能活下去又有地方读书"好多着呢"。这里面有一个小户人家的辛酸和一个中年寡妇人在屋檐下的不得已。曹雪芹极具怜悯之心。我很佩服曹雪芹，他把这起学童打架事件处理得如此务实。

六劝：千万不可照正面。第十一回、十二回其实写了两个人在走向死亡，一个是秦可卿，一个是贾瑞。前者优雅、高贵，后者下流、卑微，但两个人都因情而死，都是一面镜子。故道人再三叮嘱不可照正面，只照反面。正面美女，反面骷髅；正面繁华，反面衰败。看正面不看反面，乃常人习惯，何苦而来？第十三至十五回都在讲与秦可卿相关联的事情。秦可卿托梦凤姐是全书的一个重头戏。曹雪芹通过这个梦，把希望用教育来拯救衰落家族的思想表达出来了。十年树木，百年树人。教育兴、家族兴。曹雪芹这个教育济世之梦，有见识，有远见。可是，贾府现在的学校都没办好，又怎能指望今后办学复兴，说来也只是一个梦罢了。

　　七劝：钟溺未免荒失学业。好在，北静王极力帮衬贾府。《红楼梦》里，王公贵族及官老爷之中，对教育看得最重又极有见地的，就是这个北静王水溶。水溶见宝玉"语言清楚，谈吐有致"，这八个字是讲读书效果；一面又向贾政笑道："令郎真乃龙驹凤雏，非小王在世翁前唐突，将来'雏凤清于老凤声'，未可量也。"雏凤清于老凤声，这是讲读书价值；水溶又道："只是一件……钟溺则未免荒失学业，昔小王曾蹈此辙，想令郎亦未必不如是也。"这是讲读书体悟。"若令郎在家难以用功，不妨常到寒第。小王虽不才，却多蒙海上众名士，凡至都者未有不另垂青目，是以寒第高人颇聚。令郎常去谈会谈会，则学问可以日进矣。"这是对宝玉提出读书建议。北静王是宝玉的精神领袖，初次见宝玉，短短一席话，师友之义，心灵契合，实属同好知音。从这可以看出，曹雪芹对学术沙龙这种方式是赞赏的，希望有人与他同读书、共修行。

　　八劝：研学游考须胸有丘壑。到了第十七回，《红楼梦》开始进入大观园时间。省亲别院快要扫尾了，只是匾额对联还没着落，于是贾政带了众清客进园游赏。这次游园很重要。《红楼梦》共写了两次游园活动：第十七回是第一次，游行的人全是男人，主要透过宝玉的眼睛来看大观园的理念，因为他将成为这里的园主。第二次是第四十回，游行的人全是女人，贾母带队，主要透过刘姥姥的眼睛来看大观园繁华富贵的气派。贾政带队游园，实际上是一次游考、研学。现在，不少中小学也在组织学生进行研学游考，寓考于玩，乐在其中。如果你读了《红楼梦》，就不会觉得研学是一个新生事物，曹雪芹通过"大观园试才题对额"，为后人记录下了几百年前的一场高端游考。这次游考宝玉回答了十三道题，考了个优秀。贾政呢，从头至尾，笑了十九次。这对于成天板着脸的贾政来说，十分罕见。冰冷严厉的教育方式挫伤了宝玉丰富的情感世界，致使他不敢也不能亲近严父，只能唯唯诺诺、畏畏缩缩。这次游园，亦归功于众清客。这些清客就是宝玉的兼职教师，好比今日学校里带兴趣小组的老师，是宝玉诗作的"助产士""催生婆"。曹雪芹如此写，有趣，这个极有趣的现象，比任何小说写得都耐人寻味，在装点百年望族风雅门面的同时，又为熏陶公子哥们进行诗教创设了一种文化环境。

九劝：教育孩子须宽严有度。第十八回的重头戏是"贾元春归省庆元宵"，到这个时候，金陵十二钗均已登场亮相。元春堪称《红楼梦》里的教育家。"那宝玉未入学堂之先，三四岁时，已得贾妃手引口传，教授了几本书，数千字在腹内了。"这个了不得。更了不起的是元春经常写信给父母说："千万好生扶养，不严不能成器，过严恐生不虞，且致父母之忧。"这个观点，放在今天仍有积极的教育意义。"眷念切爱之心，刻未能忘。"没有爱就没有教育，贾元春为天下人做出了榜样。

　　十劝：做出个爱读书的样子来。曹雪芹在《红楼梦》里讲还钱、还物、还泪，补天、补情、补爱，因为他看到贾府之败败在教育，教育的失败根本在失爱。一切的一切都是因为"没有爱"，而一切的一切必须从"补爱"开始。第十九回是个转折，宝玉、黛玉等人在这里正式告别童年，一种带有青春情愫的生命气息已经扑鼻而来。"今日可巧有赎身之论，故先用骗词以探其情，以压其气，然后好下箴规。"袭人跟宝玉聊了很久，劝了三件事，用心良苦，用情颇深，故劝得有情，劝得在理，这一天是袭人规劝宝玉最动情的一次。"你真喜读书也罢，假喜也罢，只是在老爷跟前，或在别人跟前，你别只管批驳消谤，只作出个喜读书的样子来，也教老爷少生些气，在人前也好说嘴。"曹雪芹借袭人之口说出宝玉旧日言行，表明了自己的读书观。他认为这些读书应试做官的人是"禄蠹"，这些人像虫子一样在俸禄场中钻营，追求名利，败坏了儒教的精华，而那些拜忏打醮骗钱的应时僧、小道士则败坏了佛教、道教的精华。曹公用红楼三进士林如海、贾雨村和贾敬这三个高学历官员的政绩行止，给热衷仕途经济这一说教提供了嘲讽的话柄。雨村玩弄权术，天良丧尽；贾敬百事不问，只求成仙；林如海虽拥雅洁，却力荐奸雄，致使雨村日后为非作歹。红楼三进士竟是恶人、废人、弱人这么一个生命状况。凡此种种，皆见科举选官之流弊。因而他还原宝玉的治学态度，除"明明德"外就没有书了，都是前人自己混编纂出来的。为什么有这样的"混话"？这是对传统治学态度的一种批判，因为前人做学问常谦称"述而不作"，也就是"自己不是在研究学问，不过是在阐发圣人的言论和思想。"这种"代圣人立言"，你怎么能保证你所"述"的思想就一定是圣人的呢？若不能保证，那就是"另出己意"，就是"混编纂"。这么说来，宝玉的"混话"是有文化基源的。

《红楼梦》了不起的地方，在于曹雪芹把我们心里这点若有若无的意思，转化成独特的教育叙事与生命信仰。只不过，各人各得眼泪，各有各的觉悟。接下来，我们说说"红楼读书八谈"：

一谈：读跟自己生命有关的书。第二十回至二十二回，重点讲贾宝玉思想慢慢成熟。你去比较，就会发现，《红楼梦》二十回以前重点写了宝玉生理的成熟。这些都为宝玉入住大观园做了准备。在这三回，曹雪芹以宝玉续写《庄子》为由，讲宝玉儒、佛、道三教融合的思想，这是中华传统文化的交流，必将浸入中国读书人的血脉和骨子里，每一个中国人纵有通天本领也难逃这三教织就的密网。宝玉也不例外，《红楼梦》给我们一个提醒，宝玉不是不喜欢读书，而是不喜欢读考试做官发财的书。加上贾政的强迫，对他形成约束，使他对理学教材更加反感，让他更加厌恶那些求取功名的必读书籍。他喜欢读跟自己生命有关的书，将阅读兴趣转向了五花八门的杂书。由旁学杂收获得个性鲜明的人文情怀，这是贾府上层围绕宝玉进行科举取士教育所始料不及的，亦是万人所不及的。宝玉的生活，一半在现实一半在意境，他的做派超越了功利层面，超越了道德层面，进入了审美层面，呈现的是人格净化的境界。

二谈：领略这其中的滋味。第二十三回至三十三回，讲宝玉这个成熟美少年走进大观园当绛洞花主了，这一年他十二三岁。不仅没有按照贾政的"入园教育"约法三章去做，而且调皮捣乱，跑到社会上去惹是生非，以至挨了一顿毒打。宝玉挨打，是《红楼梦》中继第九回"顽童闹学堂"后有关贾府教育问题的又一个大事件。曹雪芹设计宝玉挨打，表面看来是讲宝玉与父亲贾政两者的冲突，实际上他摆出了宝玉和薛蟠的矛盾，宝玉和王夫人的矛盾，宝玉和贾政的矛盾，宝玉和贾环的矛盾，宝玉和雨村等上流社会之人思想交锋的矛盾。这些矛盾共同发力，终于导致宝玉遭到父亲痛打。诸多矛盾背后投射出来的是贵族子弟行为的堕落、家族内部的嫡庶之争、仕途经济对宝玉的道德围剿，合力指向一个观点：诗礼之家当诗礼传家。这出路，只剩一条：科举考试；这种人，只剩一个：贾宝玉。因而，宝玉读书注定是一次文化苦旅。

三谈：教育孩子不只是面子工程。第三十四回至第三十六回，写宝玉挨打之后，越发像脱缰的马。这三回，艺术地再现了王夫人"只管不教"的养育观及宝玉"果然有些呆气"的人性观。宝玉挨打，王夫人一直很揪心，"设若打坏了，将来我靠谁呢。"这是中国传统社会中年女性疼儿子的普遍共有心情。怎么办？王夫人把袭人找来问话，袭人向这个一号首长详细汇报，赢得首长的充分信任，三呼"我的儿"，三说"合我心"，且说"我就把他交给你了，好歹留心保全了他，就是保全了我。"王夫人这样一"交"，只管不教，终是将来无靠。后面的结局就是这样，曹雪芹在《红楼梦》里讲了许多家庭教育的事例，尤其是"母教"，如邢夫人对迎春的教育、赵姨娘对贾环的教育、李纨对贾兰的教育、薛姨妈对薛蟠的教育等等。曹雪芹用这些妈妈的故事，警示后人，妈妈的层次影响孩子的未来。

四谈：三百年前的文学社团。第三十七回至第七十回，讲贾政出京做官，三年不在家，宝玉游荡懒学。曹雪芹用全书近乎四分之一的章节，告诉读者两个事实。一个是在孩子成长的重要关口，贾政这个爸爸缺席了。在这样的环境里，大家对宝玉的教育方式由"监视"变成了替他"瞒骗"，替宝玉谎报病情、应付贾政的盘查，以致他时常逃学。"单表宝玉自贾政起身之后，每日在园中任意纵性逛荡，真把光阴虚度，岁月空添。"这种瞒和骗的教育，实质上是暂时性的"有序"，根本上是以牺牲教育为代价，不仅弥漫贾母院内，而且风行于宁荣二府各处。贾府家庭教育陷入了瞒哄与欺骗的怪圈。另一个是大观园成了青春王国、快乐校园。老作家王蒙因为写了《青春万岁》而一举成名，近些年他研究《红楼梦》颇有独到见解，他说，有青春的地方就有活力，有青春的地方就有希望，有人的地方就有人与人之间的温暖和友谊。大观园里也是这样。他们在大观园建了三百年前的文学社团，搞诗教，搞创作大赛，有绘画，有共读，有研学，一边烤鹿肉一边诗词接龙，一边雪中赏梅一边饮酒猜谜，一边共读西厢一边独自葬花，多么浪漫，多么自由，多么快乐！他们吵架争执，误会赔罪，亲昵逗趣，让大观园处处洋溢着青春的活力。曹雪芹为这些青春萌发的孩子，提供了一个自由表达的环境，就连管理大观园这个研学基地的中心主任李纨，也从"槁木死灰"中走了出来，焕发了新的生命活力。

五谈：文学创作须有生命体验。第七十一回至第八十回，这十回是讲贾政外出做官回京后，又严管宝玉，改变过去那种放羊式管教，采取"禁锢"的手段，而不是唤醒。"如今若温习这个，又恐明日盘诘那个；若温习那个，又恐盘驳这个。"我每次读到这个地方，真的会笑，曹雪芹把我们小时候每次月考的心情精准表达出来了，看了的没考，考了的没看，每次考试似乎总是如此。七十七回，贾政因有人邀请去赏花，便把宝玉、贾环、贾兰三人带了去。带去干吗？即兴作诗！好像如今的学生大考月月有，小考三六九。这一次小考，宝玉考得不错，"不但不丢丑，拐了许多东西来"，梅翰林、杨侍郎、李员外，还有庆国公赏了许多奖品。到了七十八回，他们三人又被贾政找去考试，写《姽嫿词》。"姽嫿"，鬼话也。因为是说鬼话，这一次命题作文考试，这三个男孩子的成绩都被贾政阅批为"不大恳切"。当贾政宣布"去罢"，"三人如得了赦的一般，一齐出来，各自回房。"贾政冷冰冰的声口，输出的是冷漠无情，压抑了孩子的灵性。宝玉回到园中，猛然看见池上芙蓉，记起晴雯做了芙蓉花神，想写点东西来祭奠晴雯，这就是《芙蓉女儿诔》。很有名的，讲了鬼话之后来说人话。初读起来比《姽嫿词》难懂，但真正读进去，会感觉有极深的情感在里面。《芙蓉女儿诔》写了晴雯的姿色、资历；写了晴雯的坚守、坚持；写了宝玉的思念、思想。最后，宝玉在这篇文章里对天发问，连问十八个为什么，触碰到了人最柔软的内心和最本质的情感。好的文学一定有生命的体验，宝玉写《姽嫿词》是命题作文，而撰《芙蓉女儿诔》是日记随笔。曹公通过这两篇文章，鲜明表达，如果没有真性情的流露，没有对人性的触碰，再美的文字，也不过是"姽嫿词"——鬼话而已。

六谈：大观园的青春渐成温暖记忆。第八十一回至九十四回，宝玉再入学堂读书，这时，贾府对宝玉的教育方式又有变化，逐渐解除"禁锢"，慢慢成为一种"宽纵"。第九回讲了"顽童闹学堂"之后，直到第八十一回写"两番入家塾"，又一次讲学校的事。宝玉复学了，要入校读书，一种伤感上来了，大观园的青春渐成温暖记忆。贾政对王夫人说："这小孩子天天放在园里也不是事"。于是，贾政约谈了宝玉，讲了五点：第一，功课不出彩。"虽有几篇字，也算不得什么。"第二，态度不端正。"我看你近来的光景越发比头几年散荡了；况且每每听见你推病不肯念书。"第三，正事不用心。"我还听见你天天在园子里和姊妹们顽顽笑笑，甚至和那些丫头们混闹，把自己的正经事总丢在脑袋后头。"第四，作文不扎实。"就是做得几句诗词，也并不怎么样，有什么稀罕处。比如应试选举，到底以文章为主，你这上头倒没有一点儿工夫。"第五，规矩不能坏。"自今日起再不许做诗做对的了，单要习学八股文章。"最后，提出严厉警告："限你一年，若毫无长进，你也不用念书了，我也不愿有你这样的儿子了。"当初，宝玉要入住大观园，贾政也对宝玉进行了入园教育，提了四条，最后一条也是警告的话："你可好生用心学习，再如不安分守常，你可仔细。"斥责、冷笑、断喝与笞挞，成为贾政教育宝玉时常使用的装填着火药的道具枪。贾政对宝玉最高的期望，就是"要学个成人的举业，才是终身立身成名之事。"为此，贾代儒老师给宝玉量身定制了一个课表，"每日早起理书，饭后写字，晌午讲书，念几遍文章就是了。"宝玉对这个课程不感兴趣，"只是闷着看书"，以致后来师生两人翻出"后生可畏"与"老大无成"的话题，起了冲突，面对面交锋。殊不知，违心读书也是一种伤害。于是，贾政摇了摇头，批评宝玉："不但是孩子气，可见你本性不是个学者的志气。"

七谈：教育是在拯救人的灵性。第九十五回至第一百十五回，这二十回，因为宝玉丢失了"玉"，不再通灵，变得痴呆疯癫，贾母及上下人等对宝玉更多的是"放纵"。太多的约束是"禁锢",太多的自由是"放纵"。禁锢与放纵,都不是最好的教育,真正好的教育是同人之期待相契合,能让受教育者找到另一个自己或遇见更好的自己。在这个节骨眼上,贾政又离开了宝玉,外任当了学差,就是从京城空降地方做了教育厅厅长。因为他对自己和身边人要求很严,带去的人见没有油水可捞,有的跑了,不跑的人便暗地里打着他的牌子在外营私,结果被人到皇上面前告了一状。《红楼梦》之所以耐看,因为它讲出了当时官场的状况,一个社会是否安定,一个时代是否进步,官场是个风向标,尤其是教育领域的官员。教育腐败是社会腐败的催化剂。贾府之败,四大家族的没落,很大程度上是那个时代的没落与那个社会的腐败,直接影响并决定的。你看,贾政这个教育厅厅长做官清廉自律,不肯同流合污,却被人告黑状。真正能决定一个人命运的,不完全是能力,是他所处的那个时代。曹雪芹之所以要把贾政空降去当省教育厅厅长这件事写出来,大概与我之想如出一辙。一个时代,环境被污染了,可以用清水冲洗,而教育被污染了,也就是人心被污染了,必须用血水清洗。

八谈:读书是为遇见更好的自己。第一百十六回至第一百二十回,讲宝玉备考,参加科举,金榜题名后离家出走,圣上降旨封赏宝玉为"文妙真人"。以文封号,宝玉终归是个读书人。最后,由空空道人亮出《红楼梦》的一张底牌。这一日空空道人又从青埂峰前经过,见那补天未用之石仍在那里，便点头叹道："方知石兄下凡一次，磨出光明，修成圆觉，也可谓无复遗憾了。""磨出光明，修成圆觉"，这八个字其实就是曹雪芹教育梦的最亮底牌。他希望贾府教育能够挽救末世的贾府。他在反思自己，用这八个字凝练回答了《红楼梦》通篇要表达的教育主张。这八个字是对第一回所讲"今日一技无成，半生潦倒"的答应，因为磨炼不够、修行不力，所以"背父兄教育之恩，负师友规谈之德"。这八个字也是对第一回那一块无材补天的顽石"幻形成人，下凡历劫"的响应，人性如石，历经打磨，方更显光明。

《红楼梦》有无尽的书事与教育智慧

与曹雪芹同时代的法国思想家卢梭，写出了传世教育经典《爱弥儿》。卢梭没有当过老师，没有做过校长，却从四个方面提出自然教育观。同样，曹雪芹既没有当过老师，也没有当过校长，而《红楼梦》亦讲了2岁以前（元春教弟）、2～12岁（贾兰攻书）、12～15岁（宝玉秦钟同学）、15～20岁（薛蟠上学）这四个阶段的教育现象、教育方法、教育原则。《红楼梦》呈现的贾府书馆、红楼书事、大观园书社，渗透了曹雪芹对当时教育的批判，表达了他心中向往的教育理想。

贾府书馆在《红楼梦》书目中两次出现，一次在第九回"恋风流情友入家塾，起嫌疑顽童闹学堂"，一次在第八十一回"占旺相四美钓游鱼，奉严词两番入家塾"。

第八十二回还专门写了贾代儒老师在近黄昏的时候为宝玉讲学。曹雪芹写作《红楼梦》，有一个规律，重要故事情节出现在"4N+1"回，N 为 0、1、2、3、4……可见，学校教育在曹公心中有着不一般的地位。"原来这贾家之义学，离此不远，不过一里之遥，原系始祖所立，恐族中子弟有贫穷不能请师者，即入此中肄业。"贾家先祖极有见地，把诗书传家作为根本大计。"凡族中有官爵之人，皆供给银两，按俸之多寡帮助，为学中之费。"这个制度很好，保障了学校有固定经费。校长如何产生？"特供举年高有德之人为塾掌，专为训课子弟。"由族里面读了书，但没有考取功名的人来做。曹雪芹在《红楼梦》里还告诉读者，当时的朝廷不仅允许民间办学，而且注重地方学校的管理，在各省设置督学道和提督学政。第三十七回，贾政被皇帝点了"学差"，就是去当提督学政，是朝廷空降地方在各省主持教育的官员，相当于今天的省教育厅厅长。曹雪芹写贾府书馆，本意是讲贾府的读书声。创办学校，兴学育人，以培后进，这是贾家先祖留下来的优良传统，因为教育可以修身、齐家、治国、平天下。贾家始祖实有远见，无奈后世子孙难以望其项背。冷子兴演说荣国府时对贾雨村说："谁知这样钟鸣鼎食之家，翰墨诗书之族，如今的儿孙竟一代不如一代了！"贾雨村纳罕道："这样诗礼之家，岂有不善教育之理？别的不知，只说这宁、荣二宅，是最教子有方的。"曹雪芹借雨村之口批判贾府作为诗礼之家，最不应该的是"不善教育"，他希望贾府最应该的是"教子有方"。因此，他写了许多红楼书事。

红楼书事讲的第一个是书房。第一回，甄士隐在房里做梦，贾雨村在这个书房里翻弄书籍解闷，看到窗外回头看他的丫头娇杏。然后是贾政的书房，叫"梦坡斋"，可见，他十分景仰苏东坡，亦含"梦破"之意。还有绮霞斋是宝玉的书房，大观园里没有设专门的书房，但各人的住处集读书、生活、交流于一体，很方便的。尤其是林黛玉的潇湘馆，书架上放着满满的书，刘姥姥二进荣国府行至此处不觉惊叹："这那里像个小姐的绣房，竟比那上等的书房还好。"更神奇的是，曹雪芹在第五回，在神秘的太虚幻境设置了类似今天图书馆风格的幻境图书馆，专门存放"金陵十二钗"正册、副册、又副册，且设痴情司、结怨司、朝啼司、夜怨司、春感司、愁悲司，好比今天通行的专题收藏室，所藏簿册内容高深，图文并茂，保密防范工作极好。第十四回，宝玉请凤姐为他装修书房。用这件事，曹公为我们还原了一段美好时光：念夜书。

第二个书事讲书籍传播。书房收藏之书从何而来？曹雪芹在《红楼梦》里为读者介绍了三种书籍传播方式。首先是购买。第十五回，林黛玉从苏州回来就带了许多书籍。第二十三回，茗烟看到宝玉不开心，"便走去到书坊内，把那些古今小说并那飞燕、合德、武则天、杨贵妃的外传与那传奇的脚本买了许多来，引宝玉看。"宝玉一见，如获珍宝。其次是抄写。《红楼梦》第一回，曹公发问："你道此书从何而起？"是由空空道人从石头上抄录而来，"我纵抄去，恐世人不爱看呢。"第四回，门子抄护官符，第二十五回，王夫人命贾环抄《金刚经》。因而，旧时之书，有抄本和印本两套体系传播于世。然后是刊刻。第十一回，贾敬过生日，传话让贾蓉刊刻《阴骘文》一万张散人。这个片段反映当时书籍刊刻极是活跃，犹如今天的打字社，促进了民间文化的保存和流通，让许多个人的学术成果得到传播和利用。

第三个书事讲读书方式。《红楼梦》全书都描写着贾府或浓或淡的教育气息。既有课堂上老师授课，又有课堂外学生自修。如贾代儒给宝玉讲书，贾雨村为黛玉做导师，以及贾政教宝玉怎么作八股文，宝玉给巧姐讲列女传，黛玉教香菱作诗等等，都是教书的事情。至于课堂外学习，最精彩的莫过于宝黛共读《西厢记》。还有第十七回，宝钗指点宝玉将绿玉改成绿蜡，教他如何避讳又怎样用典。第二十二回，宝玉续写《南华经》，参禅悟道，一句"赤条条，来去无牵挂"戳中了他的心。不管是课堂听讲，还是课外自修，须得门径，得门而入，治学自然事半功倍。

第四个书事讲海棠诗社。大家公认，大观园是《红楼梦》里的青春王国，一个"有情之天下"。曹雪芹把自己的教育理想寄托在大观园，从第十六回起，到第一百十二回，都是以大观园时空来构建教育时空。第三十七回，大观园里众姐妹成立海棠诗社；第五十回，十二位少男少女齐聚芦雪庭争联即景诗；第七十回，林黛玉重建桃花社，社未建成，史湘云提议众人填词咏柳。青春书社的创作活动一个接一个，风光无限。前有众人写诗，后有众人填词，诗词的火苗点燃了这群少男少女的青春活力，更重要的是礼教禁锢和仕途经济的拘囿暂时靠边，为明艳秀媚的大观园留下了文采风流的一页。近两年，中央电视台举办《中国诗词大会》很红火，但只有背诵，而无现场创作诗词这个环节。借鉴《红楼梦》里这些青春少年，棹雪而来，扫花以待，咏诗联句，蔚然成风，是否可成为我们进行诗词教学的理想范本？

大观园中有情之天下，与太虚幻境中的情根灵性形成双子座。有情与灵性，正是当今学校应该拥有的特质。守望纯真，坚守仁爱，这是大观园的灵魂；"有情之天下"，这是大观园的底色。这些，都是当今校园应该具有的，每一所学校都是一个有情之天下，师生在其中以才情和个性发展自己。

曹雪芹在《红楼梦》里构建了一个鲜活的教育世界，拙作《国语华声说红楼 —— 站在教育立场》从十个立场予以阐释。在此，不做赘述。曹公是一个敏锐的观察者，他在描写贾府兴衰和宝黛爱情的同时，独具慧眼，看清了贾府走向衰落的真正原因在"富而不教"，塑造了贾宝玉这个闪耀人性光芒的读书人的新形象。《红楼梦》全书以贾宝玉读书与厌学串联所有故事情节，对当时的教育制度与培养目标予以抨击，对教育内容有特别认识，对教育方式方法进行优劣比较，对教育不当的恶果提出独到见解。读了《红楼梦》之后，我看到了曹雪芹的教育梦，听到了贾府的读书声，铭记了书中彰显的教育智慧，接过了曹公递来的"锦囊"。很多高人或大侠会赠送弟子以锦囊，帮助弟子攻坚克难。在阅读《红楼梦》的过程中，我也从中收获了五个关于教书育人的"锦囊"：

第一个锦囊：带爱上路。曹雪芹通过女娲补天这个神话，提出中国古代读书人的终极追求与远大抱负：平天下。有才可"补天"，无才去"补爱"。那块未能补天的顽石，却幻形入世，投胎成人，几经打磨，大旨谈情，下凡补爱，以"爱"平天下，温暖人性。贾政带着棍棒上路，柳湘莲带着宝剑上路，刘姥姥带着干粮上路，薛蟠带着雨伞上路，贾雨村带着知识上路，但是曹雪芹发现，只有带着爱上路，贾宝玉才是一块真正的"宝贝"。所以，宝玉和鱼儿说话，和鱼儿聊天，见了星星月亮也是咕咕哝哝的。他去宁国府看戏，心里惦记的是小书房那一轴美人，担心她的寂寞。用一句长沙话来讲，宝玉带着爱相。有才可补天，石头也想飞。石头成人的故事，背后的点化就是没有爱就没有真正的教育。

第二个锦囊：真事隐去。假作真时真亦假，无为有处有还无。"真假之问"是中国哲学之问，中国四大名著都讲到这个话题。《三国演义》是间接讲的，刘备三顾茅庐，第三次才见着卧龙，前两次都是碰上了假卧龙。《西

199

游记》直接讲真假美猴王。《水浒传》直接讲真假李逵。《红楼梦》里除了真假宝玉，更是把甄（真）、贾（假）作为主题。贾宝玉的本来面目是大荒山的顽石，现在的身份是贾府的公子哥，真石头与贾（假）宝玉有个纠缠，这个纠缠就是"好""了"。从《红楼梦》这个书名来看，有"梦"就有"觉"。前面甄士隐做了一个梦，接下来贾宝玉也做一个梦。梦与觉有个联结，这个联结就是"真假"与"有无"。"有"与"无"，是老庄哲学的重要概念。《老子》第一个在中国哲学史上提出"有"与"无"的命题，庄子发展了这一思想，数千年来"有无之说"成为人类永恒的追问。从约公元前 286 年庄子去世，到 1715 年曹雪芹诞生，中间相隔约两千年。这两千年，前有《南华经》，后有《红楼梦》，在中国精神文明史的航道上首尾两端分别亮起两盏照亮夜空的长明灯。在教育的时空中，这两千年的相互守望，以其思想洞见的神力，托载着人生感悟、生命体验，并以求真精神散发着恒久的光辉。

第三个锦囊：诗书传家。念书的时节想着书，不念书的时节想着家。"书"与"家"是儒家伦理最重要的两个命脉。读书当官，传家继业，这是光宗耀祖的体面事。无家可归之人没有谁瞧得上。所以，耕读传家，诗礼传家，成为古人兴家之法宝。因此，袭人告诉宝玉"读书是极好的事，不然就潦倒一辈子"，同时，像妈妈一样又似保姆一般规劝宝玉"想着书""想着家"。她还劝宝玉"别和他们一处顽闹……虽说是奋志要强，那功课宁可少些，一则贪多嚼不烂，二则身子也要保重。"曹雪芹借袭人之口，短短几句话便把教育的核心问题摆弄清楚了：为什么要读书？如何读好书？

第四个锦囊：宽严相济。不严不能成器，过严恐生不虞。假如要在《红楼梦》里推选表彰教育家，贾元春应是最合适的一位。按理来讲，李守中与贾代儒应该是最有条件的，一个是大学校长，一个是中小学校长，代儒老师还一直坚持上台授课。但是，这两个人不仅教育理念偏了，而且教育方法也出了问题。你看，贾代儒对孙子贾瑞夜不归宿的惩罚，一打二饿三跪四恶补功课，用今天的话说，既体罚又不执行"双减"政策，怎么称得上教育家呢！在红楼人物中，本来贾母可称得上教育家的，只是见了宝玉便犯了"奶奶病"，对孙儿溺爱，正如北静王所劝，钟溺未免荒失学业。在贾府，真正对教育研究与践行都有贡献的，是那个以"贤""德"加封皇妃的元春。当初，元春因"贤孝才德"，选入宫中做女史。由此看出，曹公对贾元春的情感与尊重。可是，贾府上下都没有践行好元春"宽严适度"的教育理念。这对于今天的父母而言，是不是应该有所启示并加以借鉴。

第五个锦囊：推己及人。因为去清虚观打醮，贾母带了一个女眷进香团，道观里很早就清了场。王熙凤是进香团的开路先锋，结果一进观，有一个十二三岁的小道士慌忙中撞在她的怀中。凤姐便一个耳光打过去，把那个小道士打翻在地，骂道："小野杂种，往那里跑！"

所有人一齐呼喊，连说三个字"打，打，打！"在这个
节骨眼上，贾母来了。那小道士还一手拿着蜡剪，跪在
地上发抖。贾母就说："快带了孩子来，别吓着他。"不要
用吓唬、威胁、打骂的方式教育孩子。"小门小户的孩子，
都是娇生惯养的，那里见的这个势派。"要理解孩子犯错
的缘由、宽容他。"倘或吓着他，倒怪可怜见的，他老子
娘岂不疼得慌。"要有同理心，换位思考。"给他些钱买
果子吃，别叫人难为了他。"推己及人，把别人家的孩子
当自家的孩子来待，这就是爱，大爱，博爱。陶渊明曾
写过一封信给他的儿子，叮嘱他儿子要善待家中的用人，
他们也是人家的儿子，这就是真正的儒家精神，亦是教
育的本质，推己及人，别人的小孩也是"人子"。每一个
从事教育工作的人，都应带着这种精神走在育人的阳光
路上，向阳而行，为爱而归。